Hegau Mühle

Das Erbe der Ahnen

von Johanna Possmer

Jenseits aller Gedanken, Gefühle und Vorstellungen
gibt es ein inneres Heiligtum,
das wir nur selten betreten.
Es ist der Wesensgrund der Seele,
wo alle Anlagen und Fähigkeiten ihre Wurzeln haben
und welches das wahre Zentrum unseres seins ist.
(Bede Griffiths)

Dieses Buch widme ich meinen Unterstützern und Unterstützerinnen.
Allen voran meinem Mann Frank, der diese Reise von Anfang bis Ende begleitet hat.
Meinen Testleserinnen Silvana, Taryn, Angelina und natürlich dir liebe Barbara für das ausführliche Korrektorat und Lektorat.

. Auflage, 2021

Impressum:
Iris Dominguez da Silva
Pommerschestr. 26
78224 Singen
Deutschland

Johanna-Possmer@gmx.de

Covergestaltung: TomJay- bookcover4everyone / www.tomjay.de
Für die Bilder:
© nejdetduzen / stock.adobe.com
© zhengchengbao / Shutterstock.com

Hegau Mühle

Das Erbe der Ahnen

von

Johanna Possmer

Johanna Possmer

Kapitel 1

Was für eine beschissene Welt. Wieder nichts. Zu klein, zu teuer und zudem keine Kinder erwünscht, dachte Anja und schlug mit der flachen Hand auf das Lenkrad.

In diesem Moment hörte sie das Klingeln ihres Handys.

„Hey“, vernahm sie. „Und ...“, sagte die fröhliche Stimme ihrer Freundin Simone.

„Habe sie nicht bekommen. Außerdem zu teuer. Der Wohnungsmarkt gibt einfach nichts her. Es waren fünfzehn Bewerber. Ich habe gleich die Absage einkassiert. Mir zerrinnt die Zeit zwischen den Fingern.“

„Lass dich nicht unter Druck setzen. Sie können dich nicht einfach auf die Straße schmeißen“ ,versuchte Simone sie aufzumuntern. „Im Notfall ziehst du zu mir.“

„Danke für dein Angebot, aber du weißt ja, dass Tim das niemals mitmachen würde.“

„Deinem ältesten Sohn würde es mal guttun, seine Ansprüche etwas herunterzuschrauben.“

„Du Simone, ich bin langsam echt am Überlegen, zu Jens zurückzugehen. Sein Angebot steht noch.“

„Was? Bist du verrückt“ ‚schrie Simone durch das Handy.

„Zu dem Narzissten und Fremdgänger!“

„Ja ...“, stotterte Anja. „Ich weiß nicht mehr, wie es weitergehen soll. Es ist Monatsende. Ich habe gerade mal noch etwas Geld für Benzin übrig“, sagte Anja mit Blick zur Tankanzeige.

Es klopfte heftig an ihrem Autofenster.

„Oh nein, nicht die auch noch. Du, ich muss auflegen, die Nachbarin von unter mir steht neben meinem Auto. Ich rufe nachher zurück. Tschüss“ ‚und drückte das Gespräch weg.

Anja drehte genervt die Augen nach oben und kurbelte das Fenster ihres alten Renaults herunter.

Mit all ihrer Kraft bemühte sie sich um einen freundlichen Gesichtsausdruck und zog mühsam ihre Lippen zu einem etwas verunglückten Lächeln nach oben. „Ja Frau Wieland, was gibt es?“

Heruntergezogene Mundwinkel schrien: „Seit siebzehn Uhr muss ich mir das Gedudel aus ihrer Wohnung anhören. Seine Kinder solange unbeaufsichtigt alleine zu lassen! Was sind sie nur für eine Mutter, mit diesen ungezogenen Bengeln. Geklingelt und geklopft habe ich. Keiner hat aufgemacht. Ihre Kinder sind wohl taub auf den Ohren. Ich jage ihnen das Jugendamt wegen Vernachlässigung auf den Hals.“

Anja zuckte mit ihrem Kopf zurück, da der Speichel dieser Frau in alle Richtungen spritzte.

Sie schluckte und sagte mühsam im ruhigen Ton: „Frau Wieland, ich verstehe sie ja. Ich werde mit meinen Jungs reden und sowieso, wir ziehen bald aus.“ Sie schob noch leise hinterher: „Dann sind sie uns los.“

Kopfschüttelnd zog die Nachbarin ab.

Erschöpft prustete Anja sich eine dunkelblonde Haarsträhne aus dem Gesicht und ließ ihren Kopf kreisen. Es knackte laut. Sie öffnete ihre Autotür, schob ihre langen Beine nach draußen, hangelte noch nach ihrer Handtasche und schlug die Tür mit einem lauten Knall zu. Das hat gutgetan, dachte sie. Innerlich bebte sie vor Wut. Was fällt der ein, mich so anzuschreien? Kann man das nicht in normalem Ton sagen? Tim wird was zu hören bekommen.

Sie sah zu dem grauen Wohnblock hoch, holte tief Luft und eilte zu ihren Kindern.

„Hallo Mama, endlich bist du da. Ich habe Hunger. Was gibt es zu essen?“ Zwei Hände und ein blonder Strubbelkopf umschlangen sie stürmisch im Flur.

Anja strich ihrem Sohn Max sanft über den Kopf. „Ich bereite gleich das Essen zu. Spagetti mit Tomatensoße gibt es. Ich muss nur kurz was klären.“ Anja entzog sich seiner Umarmung und wendete sich der Zimmertür zu, hinter der laute Basstöne wummerten.

„Mama, es hatte geklingelt und geklopft. Ich habe nicht aufgemacht. So wie du gesagt hast“, sagte Max stolz.

„Das hast du gut gemacht“, antwortete Anja und strich ihrem Jüngsten zärtlich über die Wange und drückte die Klinke herunter.

Abgeschlossen, dachte sie sauer.

Sie schlug mit der flachen Hand gegen das Holz. „Tim mach sofort auf!“ Sie hämmerte weiter, bis ihre Handfläche brannte und feuerrot wurde.

Die Tür öffnete sich einen Spalt und ein Kopf mit braunen, hochgegelten Haaren lugte hervor.„Bleib mal chillig. Was willst du?“, kam es unfreundlich.

„Mach sofort die Musik leiser, sonst setzt es was! Frau Wieland unter uns hat sich vorhin bei mir beschwert. Hier wohnen noch andere Leute im Haus. Du lebst nicht alleine“, antwortete Anja.

Vor ihrer Nase schloss sich knallend die Zimmertür.

„Was fällt dir ein“, schrie Anja, drückte die Klinke, woraufhin sich die Tür unerwartet öffnete und sie in das Zimmer ihres ältesten Sohnes stolperte.

Sie sah ihren Sohn auf dem zerwühlten Bett sitzen. Um ihn herum war ein einziges Chaos. An jedem erdenklichen Platz lag oder stand etwas. Tassen, Gläser, Teller mit alten Essensresten. Angebrochene Flaschen lagen auf dem Boden. Eine Unterhose hing am Fenstergriff. Anja bückte sich und hob die klatschnassen Handtücher vom Fußboden auf.

„So geht das nicht weiter. Mach die Musik endlich leiser!“

Träge erhob sich Tim. In Zeitlupe schlappte er zu seiner Anlage und drehte den Lautstärkeregler runter. Dann wandte er sich ruckartig zu seiner Mutter um und hob seine Mundwinkel zu einem künstlichen Grinsen.

„Besser so?“, sagte er mit kalter Stimme, dabei schaute er sie mit gletschereisfarbenen Augen provozierend an. Seine Narbe am Mund leuchtete rot.

„Ist es Madame recht so?“

„Wie sprichst du denn mit mir? Was ist mit dir los? Und wieso sieht dein Zimmer so aus?“

„Hatte Besuch von meinen Kollegen. Was dagegen? Oder was?“

Anja hob abwehrend ihre Hände. „Natürlich nicht“, lenkte sie ein. „Du kannst Musik hören, aber bitte leiser.“

„Ich darf dies nicht, darf das nicht. Bei Papa höre ich so laut Musik, wie ich will. Da stört es keinen. Du bist Schuld, dass ich so leben muss. Dort habe ich ein tolles Zimmer, eine Playstation und keine unterbelichteten Nachbarn. Du bist Schuld. Warum hast du dich getrennt? Papa will uns zurück. Aber du bist zu doof, um das zu kapieren. Da geht es uns gut“, schrie Tim sie an.

Anja war zur Salzsäule erstarrt. Dann wurde ihr schwindlig. Mit ihrer Hand suchte sie Halt am Türrahmen. Sie starrte ihren Ältesten an. Sah das zornige hasserfüllte Gesicht, in dem die Narbe am Mund rot-bläulich hervorstach. Sie schluckte schwer, ballte ihre Hände zu Fäusten, drehte sich um und verließ schweigend den Raum. Dabei knallte sie die Tür hinter sich zu.

Mit Tränen in den Augen erblickte sie Max, der sie erwartungsvoll ansah.

„Mama, ich bin so froh, dass wir nicht mehr bei Papa leben. Soll doch Tim zu ihm ziehen. Dann geht es uns besser“, und sein rechtes Auge zuckte dabei nervös.

„Schau, ich habe schon das Wasser für die Nudeln aufgesetzt“ ,er schaute sie dabei stolz an. Anja nahm Max in den Arm und küsste seinen strubbeligen Scheitel.

„Das ist prima, mein Schatz“, und ging mit ihm in die Küche. Dort sprudelte bereits das Nudelwasser munter vor sich hin.

„Ich habe die Post aus dem Briefkasten geholt. Du vergisst es doch manchmal“, sagte Max altklug und zeigte auf die Briefe, die auf dem Tisch lagen.

„Du bist mir eine großartige Hilfe“, lobte Anja ihren Jüngsten. Flüchtig schaute sie den Stapel durch.

„Werbung, oje GEZ, nicht die auch noch“, murmelte sie und riss den Briefumschlag auf. Innerlich stöhnte sie auf. Zweite Mahnung. Sie schob die restlichen Briefe beiseite und zog ihren Laptop her. Er brauchte ewig zum Hochfahren. Kein Wunder dachte sie, ist halt ein alter Knochen von Gerät. Mit zitternden Fingern öffnete sie ihr online Banking. Ihr wurde fast schwarz vor Augen. Jens hatte den Unterhalt für die Kinder immer noch nicht überwiesen. Erschöpft schloss sie ihre Augenlider und legte ihren Kopf in die Hände.

Ein Zischen und Brodeln, der Geruch von verbranntem Salzwasser riss sie aus ihrer Verzweiflung. Sie zog den Topf von der Herdplatte und schüttete die Nudeln in das sprudelnde Wasser. Wutentbrannt drückte sie die Spagetti in den Nudeltopf, als ob sie jemanden zermalmen wollte.

„Max, deck doch schon mal den Tisch und hole deinen Bruder. Das Essen ist gleich fertig", sagte sie mit mühsam beherrschter Stimme.

„Mach ich", versicherte er und sein rechtes Auge zuckte.

Unangenehmes Schweigen am Esstisch. Es waren nur die Kaugeräusche und das Klappern des Bestecks zu hören. Anja rollte lustlos die Spagetti auf ihre Gabel und starrte vor sich hin.

Wie soll es weitergehen? Es sind noch fünf Tage, bis das Gehalt kommt. Warum bezahlt er den Unterhalt nicht pünktlich? Er muss doch wissen, dass mir das Geld fehlt. Es sind doch auch seine Kinder. Ihre Gedanken schweiften weiter. Zudem ist es schwierig, bei diesem Wohnungsmarkt eine bezahlbare Wohnung zu finden. Ich suche schon seit Monaten.

Der Klingelton ihres Handys unterbrach ihre Gedanken. Sie öffnete die Nachricht, las sie kurz durch und schmiss das Handy wieder auf den Tisch. Sie stach mit der Gabel in ihre Spagetti, als ob sie sie töten wollte.

„Wer war das?", fragte Tim neugierig.

„Von Papa!"

„Und?“, hakte Tim nach und beobachtete sie.

Zwischen zusammen gebissenen Zähnen murmelte Anja: „Er kann euch dieses Wochenende nicht holen. Er schreibt, er muss arbeiten.“ Anja senkte in weiser Vorausahnung ihren Blick.

Tim schob mit Wucht seinen Teller von sich, so dass die Soße über den Tisch spritzte. Er stand abrupt auf, sein Stuhl polterte lautstark auf den Boden, dann rannte er in sein Zimmer und schmiss die Tür hinter sich zu.

Anja spürte eine Hand nach ihrer greifen und schaute hoch. Ihr Jüngster hatte sich zu ihr gebeugt und flüsterte ihr mit warmem Atem ins Ohr: „Mama, ich bin froh, bei dir bleiben zu können. Wir machen uns ein schönes Wochenende.“ Sanft drückte Anja Max' Hand und murmelte: „Wenn ich dich nicht hätte.“

Spät abends saß Anja alleine am Küchentisch, ein Glas Rotwein vor sich und rief ihre Freundin Simone an. Ohne Hallo zu sagen, legte sie gleich los.

„Der Arsch hat den Unterhalt bis heute nicht überwiesen, und das Kinderwochenende hat er auch abgesagt. Du kannst dir ja vorstellen, wie Tim reagiert hat“, sie holte Luft, um weiterzusprechen.

„Moment“, unterbrach Simone den Redeschwall. „Ich hatte dir doch geraten, zum Rechtsanwalt zu gehen. Er zahlt dir zu wenig. Habe ein bisschen recherchiert und nach der Düsseldorfer Tabelle für Kindesunterhalt steht dir viel mehr zu. Außerdem ist dein Ältester ein verwöhnter Fratz.“

„Das verstehst du nicht. Du hast schließlich keine Kinder!“ Anja hörte, wie Simone scharf einatmete. Eine unheilvolle Stille setzte ein.

„’Tschuldigung“, nuschelte Anja leise in das Handy. „Du kannst nichts dafür. Es war einfach ein Scheißtag. Erst musste ich Überstunden machen, weil die Veugtler, du weißt meine Kassenchefin, früher Feierabend gemacht hat. Dann bin ich zu der Besichtigung der Wohnung gerast. Ich habe mir recht schnell eine Absage einkassiert, nachdem sie gehört haben, dass ich zwei Söhne habe.“ Sie brach in Tränen aus. Schluchzend erzählte sie weiter. „Dann parkte ich mein Auto, und die Alte von unter mir schrie mich an.“

„Und was gedenkst du zu ändern?“, fragte Simone vorsichtig. „Du arbeitest den ganzen Tag für einen Mindestlohn. Ich habe dir doch erzählt, ein Kunde von mir besitzt eine Galerie. Er wäre bereit, deine Bilder anzuschauen.“

„Nicht jeder kann von Kunst leben, so wie du. Das ist mir zu unsicher. Außerdem glaube ich nicht, dass irgendwer meine Bilder kaufen möchte, zudem fehlt mir die Zeit und Muse zum Malen. Das Geld für Leinwände fehlt mir sowieso. Es ist wichtiger eine Wohnung zu finden, die ich mir leisten kann, das ist Priorität A“, wechselte Anja das Thema.

„Ich habe bei einem Bekannten nachgefragt. Er hat mehrere Mietshäuser. Allerdings in Radolfzell. Der hat eine Drei- Zimmer Wohnung zu vermieten. Vielleicht ist die was für dich?“

„Radolfzell? Ich weiß nicht, ob Tim das mitmacht. Er will in Singen bleiben. Er droht mir jetzt schon, zu seinem Vater ziehen zu wollen."

„Und warum schickst du ihn nicht zu ihm? Die zwei haben sich verdient!", zischte Simone.

„Das kannst du nicht verstehen, du hast ja schließlich keine ...", und verschluckte den Rest dessen, was sie sagen wollte.

„Du hast Verlustängste!"

„Mag sein, aber Tim ist nun mal in einem schwierigen Alter, mit sechzehn Jahren steckt er voll in der Pubertät. Loslassen ist nicht einfach, er war neun Monate in meinem Bauch. Ich weiß, er ist momentan schwierig, aber das verwächst sich. Und ihn bei Jens lassen, nein, sein Einfluss ist eh schon schlecht. Er manipuliert ihn. Das kenn ich ja."

„Eben deshalb sage nie wieder zu mir, dass du überlegst, zu Jens zurückzugehen. Da gibt es andere und bessere Lösungen."

„Dein Wort in Gottes Ohr. Du, ich muss jetzt Schluss machen."

„Immer, wenn es für dich unangenehm wird, weichst du aus. Du bist viel zu lieb für die Welt."

Anja lachte trocken auf: „Wenn du meinst. Meine Gedanken sind es nicht", und legte auf.

Anja lehrte ihr Glas Rotwein in einem Zug, der Wein gluckerte warm ihre Kehle hinunter. Sie stand auf und schwankte leicht, nahm ihr Handy nochmals in die Hand, öffnete das Nachrichten Menü und tippte. „Du Idiot, du hast mit deiner Absage Tim wehgetan. Bestimmt vergnügst du dich mit deiner neuen Babybarbie. Außerdem fehlt der Unterhalt von zwei Monaten. Er steht mir zu! Wage es nie wieder, so kurzfristig abzusagen!“, sie drückte auf Senden.

„So, dem habe ich es so richtig gezeigt“, murmelte sie und wankte ins Wohnzimmer auf ihre Schlafcouch.

Kapitel 2

Am frühen Morgen saß Anja in ihrem Auto und schaute auf ihre Handyuhr. Noch zwanzig Minuten Zeit. Sie checkte ihre Nachrichten.

Upps, was habe ich denn Jens geschrieben? Sie öffnete mit zitternden Händen die Nachrichtenapp. Mit gerunzelter Stirn las sie durch, was sie gestern alkoholisiert ihrem Ex geschrieben hatte. Die Röte wanderte heiß ihren Hals hinauf. Nervös spielte sie mit ihrer Halskette. Erleichtert ließ sie ihren angehaltenen Atem pfeifend entweichen, als sie sah, dass die Nachricht nur ein Häkchen hatte. Er hatte sie noch nicht gelesen. Sie zitterte so stark, dass ihr das Smartphone aus der Hand glitt und polternd im Fußraum landete. Hektisch griff sie es wieder auf und löschte schnellstens.

„Puh, geschafft“, stöhnte sie erleichtert.

Dann sah sie, Simone hatte auch geschrieben. Gestern Abend noch. Sie las: „Hey meine Süße, mein Bekannter hat mir das Ok gegeben. Du kannst morgen um 14 Uhr die Wohnung anschauen. Es kommen noch andere Bewerber, aber du bist die Erste. Drück dir die Daumen, Bussi. P.s.: hier die Adresse."

So ein Mist, ich arbeite bis 14.30 Uhr. Na, vielleicht kann ich etwas früher gehen, hoffte sie.

„Guten Morgen Frau Veugtler", sagte Anja, während sie das Kassenbüro des Supermarktes betrat.

Mit hochgezogenen Augenbrauen und Blick auf die Uhr antwortete diese: „Frau Schneider, wie oft habe ich Ihnen gesagt, nicht so kurz vor knapp zu erscheinen. Ich habe das Gefühl, Sie nehmen Ihre Arbeitsstelle nicht ernst genug. Jetzt aber hopp. Ihre Kassenschublade wartet auf sie. Heute kassieren Sie an Kasse Zwei und nicht vergessen, den Kassenbereich aufzufüllen. Das haben Sie gestern wieder einmal versäumt."

Anja seufzte innerlich. Der Kassenplatz Zwei ist am meisten frequentiert. Wann soll ich da die Zeit finden aufzufüllen. Sie nahm ihre Wechselgeldschublade. Um einem weiteren Wortschwall zu entgehen, flüchtete sie zur Tür und stieß mit ihrem Chef zusammen.

„Hoppla, wohin so eilig?", fragte er.

Anja sah eine glänzende Glatze kurz unterhalb ihres Kinnes. Automatisch sackten ihre Schultern nach unten, um kleiner zu wirken.

„Sie wissen doch, ich muss gleich an die Kasse. In fünfzehn Minuten öffnen wir."

„Mein fleißiges Bienchen“, grinste er und tätschelte sie am Arm. Er ließ wie zufällig seine Hand fallen und streifte dabei ihre Brust. Anja zuckte zurück und ein Schauer des Ekels rann ihren Rücken herunter. Sie senkte ihren Kopf und schlängelte sich um ihn herum. Was nicht so einfach war, da er durch seinen Bauch, den er nach vorne streckte, einiges an Platz brauchte. Kurz vor Verlassen des Raumes drehte sie sich um. „Frau Veugtler, wäre es möglich, heute früher zu gehen? Ich habe einen Termin um vierzehn Uhr. Eine Wohnung besichtigen“, und schaute sie erwartungsvoll an.

„Begeben Sie sich erst einmal an die Kasse. Ich schaue, ob es möglich wird.“ Sie wandte sich ihrem Chef zu, drückte ihre Brust heraus und lächelte ihn an. Dann winkte sie noch kurz mit ihrer Hand in Richtung Anja. „Jetzt beeilen Sie sich, Geld muss verdient werden.“

In der Pause ging Anja nochmals zu ihrer Kassenchefin.

„Frau Veugtler, wissen Sie schon, ob ich früher gehen kann?“

Mit zusammen gekniffenen Augen betrachtete diese Anja von oben nach unten. Anja spürte den prüfenden Blick wie Nadelstiche und ahnte, was gleich kommen würde.

„Leider nein. Mir ist eingefallen, dass ich selbst früher Feierabend machen muss. Und übrigens, den Arbeitsplan für nächste Woche musste ich abändern, da Ihre Kollegin mittags frei braucht. Sie haben also die Schicht von 14 bis 20 Uhr“, und verzog ihr Gesicht zu einem wölfischen Grinsen.

„Aber ich hatte schon die letzten zwei Wochen diese Schicht. Sie wissen doch, ich habe Kinder“, versuchte Anja sich zu wehren. „Das geht nicht“, kam es noch gepresst aus ihr hervor. Heiß sprudelte es von ihrem Magen hoch. „Und es ist wichtig, heute diese Wohnung anzuschauen“, kam es schon etwas lauter.

Ihre Chefin stemmte die Arme in die Seiten, kam auf sie zu und blieb kurz vor ihr stehen. Ihre ausladende Vorderseite berührte Anja. Sie wich zögerlich ein Stück zurück.

„Sie wissen doch, dass Ihr Arbeitsvertrag bald ausläuft“, zischte sie. Mit weit aufgerissenen Augen schaute Anja sie erschrocken an.

„Schreiben Sie sich das ein für alle Mal hinter die Ohren. Ich teile ein. Ich gebe mein Bestes. Hier ist Flexibilität gefragt. Sie sind hier nicht bei, 'Wünsch dir was'.“ Anja öffnete ihren Mund und wollte etwas dazu sagen, wurde aber daran gehindert, da ihre Chefin den Wortschwall fortsetzte.

„Jetzt rede ich und Sie hören zu. Sie gehen jetzt in Ihre Pause, sonst passieren Ihnen wieder Fehler. Das macht sich gar nicht gut.“ Sie nahm Anja beim Arm und schob sie aus dem Büro.

Tränen stiegen ihr in die Augen, so dass sie ihre Umwelt nur verschwommen wahrnahm. Verzweifelt starrte sie zu Boden.

„Alles in Ordnung mit Ihnen?“, fragte sie eine warme männliche Stimme. Anja blickte auf und sah rauchblaue Augen, die sie besorgt musterten. Sie schwankte leicht. Eine zupackende Hand nahm sie am Ellenbogen und führte sie durch den Verkaufsraum nach draußen zu einer Bank vor dem Supermarkt.

„Setzen sie sich erst einmal. Sie sind ganz blass."

Erschöpft knickten Anjas Knie ein und sie plumpste wie ein nasser Sack auf die Sitzfläche.

„Kann ich Ihnen irgendwie helfen?", sagte die Stimme direkt neben ihr.

Anja schüttelte nur den Kopf. Eine Hand streichelte in sanften kreisenden Bewegungen ihren Rücken. Aus den Augenwinkeln sah sie, wie ihr ein Taschentuch gereicht wurde. Sie nahm es und wischte sich damit über ihre Augen. Dann holte sie tief Luft und hob den Blick. „Es ist nichts, habe nur Ärger bei der Arbeit. Es geht gleich wieder."

„Sind sie sicher? Ich kann auch einen Arzt rufen."

Anja schüttelte verneinend ihren Kopf. „Vielen Dank, ich habe jetzt Pause. Ich muss nur etwas essen, das hilft mir mich zu beruhigen."

Er stand auf. Anja musste ihren Kopf in den Nacken legen, um ihm ins Gesicht schauen zu können. Wow, ist der groß, dachte sie, und sie musterte ihn verstohlen. Was sie sah gefiel ihr. Blonde kurze Haare, breite Schultern. Seine Hände hatte er in den Jeanstaschen vergraben.

„Vielleicht sieht man sich ja mal wieder", sagte diese warme Stimme, die einen Schauer Anjas Rücken herunter rieseln ließ.

Er wendete sich ab und schlenderte lässig in Richtung Supermarkt.

Anja schaute ihm hinterher und spielte mit der Hand an ihrer Kette, an der ein Ring hing. Die Bewegung tröstete sie, da es ihr einziges Erinnerungsstück an ihre Mutter war. Manchmal fühlte sie sich immer noch so einsam wie am ersten Tag, an dem sie ins Waisenhaus kam. Damals vor langer Zeit, als sie nicht begriffen hatte, dass sie ihre Eltern niemals wieder sehen würde.

Schnell blinzelte sie die Gedanken weg und konzentrierte sich auf den ansehnlichen Rücken dieses unbekannten Mannes. Ein Seufzer der Sehnsucht entwich ihr. Wenigstens ein Highlight heute, dachte sie, schnappte sich ihr Smartphone und rief ihre Freundin Simone an.

„Hey du, ich kann nicht früher gehen. Ich arbeite bis 14.30 Uhr. Die Veugtler hat mir gedroht. Dabei habe ich so viele Überstunden. Mit der war nicht zu reden. Ich weiß nicht, was die gegen mich hat. Außer ... ", Anja stockte kurz, weil ein Bild ihrer Chefin und ihres Chefs, dem Filialleiter, vor ihrem Auge erschien. „Ja klar", sie schlug sich mit der Hand an die Stirn. „Die ist eifersüchtig! Entweder sie haben ein Verhältnis oder sie will ihn."

„Das ist scheiße Anja", wurde sie von Simone unterbrochen. „Mein Bekannter erwartet dich.

Ich habe dich ihm ans Herz gelegt. Lass mich mal überlegen ....“

„Die Wohnung ist sicher teuer. Die Wohngegend spricht schon dafür. Und Radolfzell kommt einfach für Tim nicht in Frage“, nützte Anja die Gesprächspause.

„Wie du meinst. Habe es nur gut gemeint. Aber ich habe seit längerem das Gefühl, dass du dir selbst im Wege stehst. Du suchst dringend eine Wohnung, weil deine wegen Eigenbedarf vor fünf Monaten gekündigt wurde. Einerseits suchst du eine neue Bleibe, andererseits setzt du meiner Meinung nach den Radius zu eng. Gut, sei es, wie es ist. Dann sage ich den Termin für dich ab. Heute Abend komme ich vorbei, Mädelsabend. Tim und Max sind ja bei deinem Ex. Da können wir so richtig einen drauf machen.“

„Jens hat abgesagt, die Kinder sind da. Ich freue mich trotzdem, wenn du kommst.“

„Schon wieder? Das kommt in der letzten Zeit öfters vor. Nun gut dann bestelle ich eben Pizzen für vier. Bis dann.“

Es war Nachmittag und Anja steckte ihren Schlüssel Haustürschloss. Endlich zuhause, dachte sie. Jetzt nur aufs Sofa und die Beine hochlegen. Beim Öffnen der Wohnungstür fiel ihr ein Geruch auf. Sie kräuselte ihre Nase und schnupperte. Was ist denn das?, stellte sie sich innerlich die Frage. Es riecht nach Nikotin. Hier raucht doch keiner.

Sie rief: „Tim, Max! Ich bin zuhause.“

Max schoss aus seinem Zimmer, schmiss sich in ihre Arme und plapperte gleich los: „Endlich bist du da“, er rieb sanft seine Wange an Anjas Backe.

„Wo ist Tim?“

„Auf dem Fußballplatz.“

Sie löste sich aus der Umarmung und schaute Max prüfend ins Gesicht.

„Was ist hier los? Hier riecht es nach Zigarettenrauch!“

Stotternd antwortet Max: „Ich ..., ich habe vorhin gelüftet. Unten im Hof haben welche geraucht und wahrscheinlich ist der Rauch bis zu uns nach oben gezogen.“

Zweifelnd fixierte Anja ihren Sohn. „Komisch, wir sind hier im vierten Stock.“

„Doch, doch, es waren ganz viele. Eine große Rauchwolke.“

Anja schaute ihrem jüngsten Sohn mit skeptischem Blick ins Gesicht. Max konnte dem Blick ihrer braunen Augen nicht standhalten. Er wandte seine Augen ab, zwinkerte heftig und zog den Ärmel seines Pullovers über sein rechtes Handgelenk.

„Dann glaube ich dir mal. Und was hast du heute sonst noch gemacht, außer lüften?“

„Hausaufgaben und gelesen.“

Zusammen gingen sie ins angrenzende Wohnzimmer.

Erschöpft setzte Anja sich auf ihre Schlafcouch. Klopfte neben sich und sagte verschmitzt:

„Lass uns ein bisschen kuscheln, falls du dafür noch nicht zu groß bist.“

Das Gesicht von Max leuchtete auf und er drückte sich so nah an sie, dass kein Blatt Papier mehr dazwischen passte. Zusammen lehnten sie sich entspannt zurück.

„Jetzt erzähl mal, was du im Moment liest?“ Und Max erzählte und erzählte. Anja ließ sich von seiner Stimme berieseln. Ihre Augen wurden schwer, und sie hatte Mühe, sie offen zu halten. Um dies zu verhindern, wanderte ihr Blick und blieb am rechten Handgelenk ihres Sohnes hängen. Entsetzt griff sie nach seinem Arm und betrachtete die Stelle genauer. Ein tiefroter Fleck leuchtete ihr entgegen.

„Was ist denn passiert?“, rief sie erschrocken aus.

Sofort entzog ihr Max seine Hand und zog den hochgerutschten Ärmel seines Pullovers wieder herunter. „Nix ..., nix schlimmes“, stotterte er. „Ich habe mir nur das Gelenk angeschlagen.“ Er zwinkerte dabei heftig mit den Augen. „Sieht aus wie dein Fleck an deinem Handgelenk, aber leider nicht in der Form eines Herzens, so wie deins“, sagte er mit einem Lächeln, welches seine Augen nicht erreichte.

„Mein Schatz, was ich habe, ist ein Feuermal. Das habe ich von Geburt an. Deines sieht aus wie eine Prellung. Wie ist denn das passiert?“

„In meinem Zimmer. Ich bin an meinen Stuhl gestoßen. Er kippte, und ich habe versucht, ihn aufzufangen. Da ist er mit der Lehne an mein Handgelenk gekracht“, dabei zuckten seine Augenlider nervös.

„Hast du es gekühlt?“

„Ja und es tut schon fast nicht mehr weh.“

„Mein tapferer Junge. Ich wünschte so sehr, dass ich nicht so viel arbeiten müsste und mehr zuhause sein könnte“, sagte sie mit schlechtem Gewissen.

Ein Klingeln an der Tür unterbrach ihre bedrückenden Gedanken.

Max sprang auf, rannte in den Flur und öffnete. Anja hörte ihn sagen: „Tante Simone, Mama ist im Wohnzimmer. Danke, du hast mir ein neues Buch mitgebracht.“ Mit leuchtenden Augen, die wie Bernstein in der Sonne glitzerten, das Buch wie einen Schatz an sich gedrückt kam er ins Wohnzimmer zurück, gefolgt von ihrer Freundin Simone.

Anja betrachtete ihren glücklichen Sohn. Ein schlanker etwas schmächtiger Junge stand vor ihr. Mit seinen strubbeligen dunkelblonden Haaren wirkte er zwar größer, trotz alledem war er klein für sein Alter. Seine Schulkameraden überragten ihn um einiges. Ich hoffe, der Wachstumsschub kommt bald. Anjas Aufmerksamkeit richtete sich auf Simone. Ihre Präsenz füllte den ganzen Raum aus. Voller Selbstvertrauen trug sie ihre herbstroten Locken auftoupiert. Wallende bunte Gewänder umschmeichelten ihre kurvige Venus Figur. Anja kam sich neben ihr wie ein langer verdorrter Baum vor.

„Was freu’ ich mich, den Abend mit dir zu verbringen“, rief Simone und schnalzte mit ihrer Zunge. „Eigentlich schade, dass du diese Wohnung aufgeben musst“, und blickte sich um. „Ich fühle mich jedes Mal, wenn ich diesen Raum betrete, wie im Wald. Dieses Wandbild von dir strahlt so eine Ruhe aus“, und ließ sich in den Sessel fallen. Ausgiebig betrachtete sie das gemalte Bild über zwei Wände. Ein Buchenwald sorgte für zarte Grüntöne. Helle Sonnenstrahlen zauberten Lichtreflexe zwischen die Bäume, die den Waldboden beschienen, der von Hasen und Rehen bevölkert war.

Sie ruckte hoch und klatschte in die Hände: „Nachher bestellen wir Pizzen bei meinem Lieblingsitaliener, der liefert auch“, und schnalzte wieder mit ihrer Zunge. Der Raum war gefüllt mit Temperament, Energie und Fröhlichkeit.

Anja lachte, angesteckt von der guten Laune Simones und ihre Müdigkeit war wie weggeblasen. „Dein Zungenschnalzen ist wie ein Weckruf. Ich habe noch einen leckeren Lambrusco.“ Sie stand auf und schlenderte mit Simone in die angrenzende Küche. Max hatte sich zwischenzeitlich auf die Couch gelümmelt, seine Nase steckte tief versunken in der Welt der Abenteuer. Um sich herum, nahm er nichts mehr wahr.

Anja holte die Weinflasche aus dem Küchenschrank und entkorkte sie. „Ein Gläschen vor dem Essen, weckt den Appetit der Hessen.“

Simone lachte und setzte sich. „Nur dass wir hier in Baden-Württemberg leben.“

„Das sollte man nicht so eng sehen, ist auch Deutschland. Außerdem hat es sich so schön gereimt. Komm, lass uns anstoßen. Auf unsere langjährige Freundschaft“, sagte Anja und hielt ihr Glas an

Simones Glas. Die Gläser klirrten und andächtige Stille entstand, voller Vertrauen und Freundschaft.

„Hm, lecker“, der Wein floss warm Anjas Kehle hinab und sie spürte, wie sie sich entspannte. Die Gegenwart ihrer Freundin hatte schon immer diesen Effekt bei ihr.

„Wer hätte das gedacht, als wir uns in der Grundschule begegnet sind. Das kleine scheue Fohlen mit den langen staksigen Beinen und der Wirbelwind“, erinnerte sich Simone.

„Wir sind wie Feuer und Wasser Du weißt ja, Gegensätze ziehen sich an“, antwortete Anja. Ihr Blick richtete sich nach innen und Bilder aus der Vergangenheit stiegen empor.

„Ich war tief unglücklich in meiner Welt gefangen. Erst der Tod meiner Eltern bei diesem Autounfall am Hegaublick. Ich wachte im Krankenhaus auf, und meine Welt war ein einziger Trümmerhaufen. Ich fühlte mich so allein und einsam. Danach kam ich in das Kinderheim. Alles war fremd. Die Nonnen waren streng. Sie achteten darauf, dass wir ja genug beteten. Die anderen Kinder dort mobbten und ärgerten mich bis aufs Blut. Ich habe versucht, mich unsichtbar zu machen. Die einzige Vertraute und Stütze war Schwester Maria Carola. Sie gab mir ein bisschen Trost und Wärme. Nachts wachte ich oft vom Weinen auf, weil mir der einhüllende Duft von Vanille fehlte, wenn meine Mutter mich zu Bett gebracht hatte. Sie kam dann, wiegte mich in den Schlaf, und sang leise ein Liedchen, bis ich wieder einschlief.“

Bestürzt schaute Simone Anja an. Diese fuhr fort. „Und dann kam ein Wirbelwind in mein Leben.“ Anja lächelte ihre Freundin an. „Hast du gewusst, dass du nach Gänseblümchen riechst? Und Schwester Maria Carola damals nach Rosen?“

„Gänseblümchen“, lachte Simone. „Nein, wohl eher wie eine Distel“, und schnalzte mit ihrer Zunge.

„Du wieder! Ja, stachelig kannst du durchaus sein, du schützt dich ohne Ende. Was macht denn dein Liebesleben?“, wechselte Anja das Thema.

„Wenn du mich so fragst“, eine leichte Röte stieg Simones Wangen hinauf, dadurch wirkten ihren Sommersprossen intensiver. „Den Klaus habe ich in den Wind geschossen. Der trennt sich nie. Für eine Affäre bin ich mir zu schade. Habe schnell die Reißleine gezogen. Sein Geschwätz über seine unglückliche Ehe kann ich nicht mehr hören. Ich bin gerade überzeugter Single.“

„Wer dir das glaubt, wird selig. Das hält bei dir nie lange an.“ Schwungvoll stieß Anja ihr Weinglas wieder an Simones Glas. Genüsslich nippten sie an ihrem Wein. In der Küche breitete sich Stille aus.

Simone schaute sich um. „Echt schade, dass du hier ausziehen musst. Deine Wandmalerei ist einzigartig. Die Kaffeetasse, die du hier an die Wand gemalt hast, sieht so lebendig aus, dass ich meine den Geruch nach gerösteten Bohnen riechen zu können. Schade, dass du dein Talent nicht lebst.“ Simone seufzte bedauernd.

„Nicht jeder kann seine Kunst so leben wie du als Goldschmiedin. Ich brauche geregeltes Geld, um dies alles halten zu können.“ Die Stimmung in der Küche wurde dunkler. Schweigend tranken sie ihren Wein.

„Weißt du was, ich habe Hunger. Ich bestelle gleich die Pizzen. Isst Tim auch mit?“

„Keine Ahnung. Moment, ich versuche ihn zu erreichen“, antwortete Anja und nahm ihr Handy.

„Wo bist du?“, fragte Anja, nachdem sie ihren Ältesten erreicht hatte.

„Du weißt doch, ich kann es nicht leiden, wenn du mich anrufst“, maulte Tim lautstark, so dass Simone ihn hören konnte. Diese verzog das Gesicht und machte eine Bewegung mit der Hand, als ob sie jemanden die Kehle durchschneiden würde. Anja drehte ihr den Rücken zu. „Tante Simone ist da und möchte für uns alle Pizza bestellen. Bist du da zum Essen?“ Anja hörte lautes Gelächter und Gegröle im Hintergrund und fragte nochmals: „Wo bist du?“

„Hey Alte. Bleib mal chillig. Wir feiern hier Party. Vielleicht um 22 Uhr. Ich bin sechzehn und laut Gesetz kannst du gar nichts machen, und es geht dich auch nichts an, wo ich bin. Und auf deine Schabracke von Freundin habe ich keinen Bock. Zudem wag es nie wieder, sie meine Tante zu nennen, denn das ist sie nicht.“ Er legte einfach auf.

Entsetzt schaute Anja auf ihr Smartphone. In ihrem Magen schoss es kochend heiß nach oben. Sie versuchte, sich schnell zu beruhigen und drehte sich wieder zu ihrer Freundin um.

Diese musterte sie und sagte in eisigem Ton. „Ich habe es gehört. Der wird deinem Ex Jens immer ähnlicher.“ Zuckte dann mit den Schultern und rief ihren Lieblingsitaliener an.

„War das lecker“, sagte Max. Er rieb seinen Bauch und lehnte sich in seinem Küchenstuhl zurück. „Kann ich etwas länger aufbleiben? Das Buch von Tante Simone ist so spannend“, und schaute, mit treuherzigen Blick, seine Mutter an.

„Ja klar, ist doch Samstagabend, und du kannst morgen ausschlafen.“

Max sprang auf und rannte freudestrahlend aus dem Raum. An der Tür drehte er sich kurz um. Sein Gesicht verfinsterte sich. „Du Mama?“

„Ja.“

„Ich finde das Geld für den Schulausflug nicht mehr. Ich habe alles abgesucht, aber es ist verschwunden.“ Er rieb sich dabei sein rechtes Handgelenk. „Ich muss es doch Montag abgeben“, dabei zuckte sein Augenlid.

Anja schluckte schwer, der Mangel an Geld stieg von ihrem Magen wie sauer gewordene Milch auf. Sie spielte nervös mit ihrer Kette und ließ die einzelnen Glieder durch ihre Finger gleiten. „Max, du weißt, dass es bei uns finanziell eng ist. Du bist doch sonst so ordentlich. Ich habe kein zusätzliches Geld. Es reicht gerade bis zum Monatsende. Ich rufe Montag deine Lehrerin an. Vielleicht kannst du es später bringen, ansonsten kannst du halt nicht mit.“

Max' Gesicht erstarrte, außer seiner Augenpartie, die zuckte und schien nicht mehr aufzuhören.

Simone sah von Anja zu Max, dann schnalzte sie kurz mit ihrer Zunge und sagte: „Jetzt mal langsam. Max, wie viel brauchst du?"

„25 Euro für den Eintritt in die Wilhelma und 25 Euro für den Bus", antwortete er leise.

Simone zückte ihren Geldbeutel. Holte einen 50 Euro Schein hervor und legte diesen auf den Tisch.

Unsicher ging Max auf das Geld zu, dabei schaute er seine Mutter fragend an. Anja nickte mit grimmigem Gesicht. In dem Moment, als seine Hand das Geld nehmen wollte, legte Simone noch 25 Euro drauf. „So und das ist dafür, dass du dir einen schönen Tag machen kannst. Gönn dir was", und lächelte ihm aufmunternd zu. Max' ockerbraune Augen leuchteten wie Sterne auf und wurden immer strahlender. Sein Gesicht entspannte sich, er breitete seine Arme aus und fiel Simone um den Hals.

„Danke, danke Tante Simone", rief er und stürmte gleich daraufhin aus der Küche.

„Du weißt, dass mir das unangenehm ist?"

„Ja, ich weiß, dass du Probleme hast, Hilfe anzunehmen. Aber für mich war es zauberhaft von deinem Sohn umarmt zu werden. Und ich habe genug Geld. Mir tut es nicht weh und übrigens dein Sohn riecht nach Schokolade." Sie lehnte sich zufrieden zurück und strahlte Anja an.

„Es ist nur komisch, dass das Geld verschwunden ist." Anjas Gesicht verdüsterte sich. Ihre

Hand spielte wieder mit ihrer Halskette, an der ein antiker Ring hing.

„Ist dir aufgefallen, dass Max immer stärker mit seinen Augen zuckt? So stark wie heute hatte er es noch nie“, sprach Simone an, was ihr aufgefallen war.

„Wo du es so sagst.“ Anja überlegte. „Ja du hast recht. Könnte mit seiner baldigen Pubertät zusammen hängen. Er ist auch schon vierzehn Jahre.“

„Soweit ich weiß, hat das eher mit einer starken Nervosität zu tun. Hat er Druck in der Schule?“

„Nicht das ich wüsste. Seine Noten sind hervorragend, im Gegensatz zu Tim. Max ist sehr emphatisch, vielleicht spürt er meinen Druck.“

„Kann sein, es wundert mich trotzdem“, antwortete Simone. „Ich muss mal für kleine Mädchen und bewundere im Sitzen deinen gemalten Leuchtturm an der Wand“, sagte Simone und lachte schallend.

Simone stand auf und stieß mit ihrem Ellenbogen an den Stapel Post, der auf der Küchentheke lag. Dieser kam ins Rutschen, und die Briefe flatterten auf den Boden. „Entschuldige, ich hebe sie gleich auf.“ Sie bückte sich und griff nach den einzelnen Briefen. Dann hangelte sie nach einem Umschlag, welcher unter dem Tisch gelandet war. Anja hörte, wie sie ächzend darunter kroch und dabei sagte: „Gleich hab ich dich ...“ Ein Schlag, der Tisch wackelte gefährlich und das Geschirr hüpfte. „Was ist denn das?“, rief Simone mit lauter Stimme.

„Hast du dir wehgetan?“, rief Anja, lehnte sich zur Seite und schaute unter den Tisch.

„Das ist ein Brief vom Nachlassgericht. Du hast ihn noch nicht einmal aufgemacht“, klang es dumpf und leicht vorwurfsvoll unter dem Tisch hervor.

Mit hochrotem Kopf, eine Hand an der Stelle, an der sie sich gestoßen hatte und in der anderen Hand den Brief, erschien Simone aus den dunklen Tiefen des Küchentisches hervor und legte den Umschlag auf den Tisch. „Aufmachen! Sofort! Ich sterbe vor Neugierde.“

Misstrauisch drehte Anja den Brief in ihren Händen hin und her. „Vom Notariat Tuttlingen, Nachlassgericht. Ich habe doch gar keine Verwandtschaft. Meine Eltern sind tot, meine Großeltern auch und Tanten und Onkel habe ich keine.“

„Wenn du ihn nicht öffnest, dann mache ich es“, sagte Simone und griff danach.

Anja entzog ihn der Hand ihrer Freundin und legte ihn hinter sich auf den Küchentresen.

„Das kannst du doch nicht machen!“, beschwerte sich Simone und linste zu dem Brief auf der Ablage.

„Wolltest du nicht vorhin für kleine Mädchen?“, fragte Anja mit listigem Grinsen.

„Stimmt, habe ich vor lauter Neugierde vergessen. Wehe, du öffnest ihn ohne mich!“, drohte Simone und rannte Richtung Toilette.

Ein paar Minuten später hörte Anja, wie Simone durch den Flur in Richtung Küche kam. Sie holte Simones Objekt der Begierde hinter sich hervor und riss ihn geräuschvoll auf. Die Schritte ihrer Freundin wurden schneller, und sie schmunzelte in sich hinein. Einfach göttlich, diese unbändige Neugierde von Simone, dachte sie. Sie holte den Schrieb aus dem Umschlag und klappte ihn auf. Währenddessen betrat Simone den Raum.

„Du wirst ihn nicht ohne mich lesen“, sagte Simone und legte ihre Arme von hinten um Anja. Sie beugte ihren Kopf nach vorne und versuchte mitzulesen. „Mist, ich habe meine Brille vergessen. Lies vor, was da steht!“

„Noch nie was von Briefgeheimnis gehört?“, bemerkte Anja trocken und schmunzelte noch mehr.

„Wir sind langjährige Freundinnen, da gibt es keine Geheimnisse. Jetzt lies doch endlich vor“, bettelte Simone.

„Wenn das so ist. Hm ...,lass mal sehen ....“

Simone hörte Anja vor sich hin murmeln. „Könntest du bitte lauter vorlesen? Ich verstehe kein Wort“, meckerte Simone.

Anja lachte schallend. „Du bist so süß, wenn du ungeduldig wirst. Also, da steht, Sehr geehrte Frau Schneider“, und machte eine Pause.

„Und was noch?“ Simone beugte sich nach vorne, kniff ihre Augen zusammen, um den Rest selber zu lesen. Die Buchstaben verschwammen vor ihr. „Das schwöre ich, nie wieder vergesse ich meine Brille. Nun mach schon.“

„Also gut, da steht: ‚Sehr geehrte Frau Schneider‘.“

„Das hast du schon vorgelesen“, unterbrach Simone sie.

„Notariat Tuttlingen, Wedergasse 5, Tuttlingen. Niederschrift vom 24.04.2020, Nachlasssache Otto Murghoff, verstorben 19.02.2020 in Beuron, geboren 26.11.1946, zuletzt wohnhaft Benediktiner Erzabtei St. Martin Kloster Beuron.“ Sie hob den Kopf. „Wer ist das denn? Den kenne ich nicht. Das ist bestimmt Betrug oder es versucht jemand, mich zu verarschen. Dem Ganzen schenke ich keinen Glauben“, sagte Anja mit wütender Stimme und schmiss den Brief auf den Tisch.

„Und wenn er doch echt ist und du irgendwo Verwandtschaft hattest?“, sagte Simone und griff nach dem Brief.

„Lass das!“, schrie Anja sie an und schlug die Hand von Simone weg. Diese zuckte zurück.

„Was soll das? Deshalb musst du nicht handgreiflich werden“, sagte Simone mit mühsam beherrschter Stimme.

„Glaub mir, das ist ein Fake. Und hör auf, dich in mein Leben einzumischen. Es ist schon kompliziert genug“, drohte Anja.

Simone wich zur Tür zurück, verschränkte die Arme vor ihrer Brust und sagte: „Du ziehst nicht einmal in Betracht, dass du Familie haben könntest. Du willst dich lieber alleine fühlen, das kennst du ja. Und wenn du meinst, dass ich mich zu sehr einmische, dann ist es wohl besser, wenn ich jetzt gehe.“ Sie starrte intensiv in Anjas normalerweise hellbraune Augen, die sich vor Wut dunkler gefärbt hatten. Anja starrte zurück. Ein kurzes Blickduell entstand, bis Anja die Augen abwendete und leise sagte: „Es ist besser, wenn du jetzt gehst."

„Wie du meinst", sagte Simone mit enttäuschter rauer Stimme. Sie drehte sich um, verließ die Wohnung und knallte die Tür zu.

Anja zuckte zusammen und schluchzte auf. Tränen liefen ihr in Rinnsalen übers Gesicht, und sie fühlte sich einsam wie schon lange nicht mehr. Mühsam wie eine gebrechliche Frau stand sie auf und schaute nach ihrem Sohn Max, der mit seinem Buch eingeschlafen war. Leise nahm sie seine Lektüre und legte sie auf den Nachttisch. Das Licht ließ sie brennen, weil sie wusste, dass er in der Dunkelheit Angst hatte. Sie verstand es. Auch sie selbst hatte vor den nächtlichen Schatten Angst und schlief mit Nachtlicht. Auf leisen Sohlen schlich sie aus dem Zimmer und achtete darauf, dass die Tür einen Spalt offenblieb. Mit schweren Gliedern legte sie sich hin.

Sie drehte sich von der einen Seite auf die andere. Ihre Gedanken, die wie ein Karussell kreisten, ließen sie nicht zur Ruhe kommen. Ich muss morgen Simone anrufen und mich entschuldigen. Warum habe ich so überreagiert? Wir haben noch nie gestritten. Meine Nerven liegen blank. Es ist einfach alles zu viel. Wer ist Otto Murghoff?, überlegte sie. Und wenn das Dokument echt ist? Oder ist es ein Irrtum und die meinen gar nicht mich. Aber wenn sie doch mich meinen? Ich und erben. Sie lachte grimmig auf. War es die Hoffnung, doch noch Verwandtschaft zu haben? Leise hörte sie die Haustüre ins Schloss fallen. Ah, jetzt kommt Tim endlich nach Hause, dachte sie erleichtert. Sie hörte ihn in der Küche rumoren.

Ihre Lider wurden schwer, und sie sank in das Land des Vergessens.

Kapitel 3

Am nächsten Morgen wurde Anja von der Haustürglocke geweckt. Sie schaute auf die tickende Wanduhr. „Acht Uhr morgens“, stöhnte sie. Es schellte wieder. Sie sprang auf und lief zur Tür. „Wer in Gottes Namen klingelt hier so früh am Sonntagmorgen Sturm?“, rief sie aus und riss die Türe auf. Sie erstarrte am ganzen Körper. Ihr Exmann Jens lehnte lässig am Türrahmen mit einem breiten Grinsen im Gesicht, welches seine eisblauen Augen nicht erreichte.

„Guten Morgen, ich habe dir vor zwei Stunden eine Nachricht geschickt“, und drückte sich uneingeladen an ihr vorbei. Er musterte sie abfällig von oben bis unten. Anja versuchte, ihre langen dunkelblonden Haare, die zerwühlt vom unruhigen Schlaf waren, zu glätten, und sah an sich herunter. Ihre Hände zitterten, während sie versuchte, ihr zerknittertes T-Shirt glatt zu ziehen.

„Hopp hopp, weck die Kinder. Ich habe es eilig. Zeit ist Geld“, sagte Jens und schlug mit seiner Hand grob auf ihre Hinterseite.

„Lass das, du hast kein Recht dazu“, versuchte Anja sich mit zitternder Oberlippe zu wehren.

„Ach ja, soweit ich weiß, sind wir nicht geschieden und von Rechts wegen bist du immer noch meine Ehefrau.“ Er kniff sie in den Hintern, trat nahe an sie heran und presste sie an die Wand. Anja wusste sich nicht anders zu helfen und schrie „Tim, Max, Papa ist hier!“

„Na also geht doch. Sag mal, kannst du keine Nachrichten lesen? Ich hatte erwartet, dass du eine fürsorgliche Mutter bist und die Kinder rechtzeitig weckst.“

Anja schwieg und drückte sich an ihm vorbei.

Tim stürmte aus seinem Zimmer und jubelte: „Papa, du hast es geschafft. Was unternehmen wir heute?“

Sie begrüßten sich mit Männerschlag, und Jens legte kumpelhaft den Arm über seine Schultern. „Wir machen eine Spritztour mit meinem neuen Motorboot über den Bodensee.“

„Wow, du hast ein neues Boot“, freute sich Tim. Anja betrachtete die beiden. Sie waren sich so ähnlich in Körperhaltung, Ausdruck und Aussehen, dass es schon fast unheimlich war.

Langsam öffnete sich Max’ Zimmertür. Mit hängenden Schultern und schlurfenden Schritten schlich er seinem Vater entgegen. Jens zog die

Mundwinkel hinab und begrüßte seinen Jüngsten. „Na Schlafkappe, wieder nicht von deiner Traumwelt losgekommen?“ Er schüttelte abfällig den Kopf, dabei bemerkte er noch: „Auf das Boot werden keine Bücher mitgenommen, ansonsten schmeiß ich sie über Bord. Das ist ein Männerausflug und nichts für Weicheier.“

„Ach Papa, lass doch Zwinkermax da, der stört nur“, sagte Tim.

Anja verfolgte das Gespräch zwischen Jens und seinem älteren Sohn. Sie ballte die Hände zu Fäusten und wusste, es war besser so, Max nicht zu verteidigen. In Gedanken jedoch hoffte sie, dass er Max da ließe. Schweigend wartete sie.

Jens sah von Max zu Tim. Anja sah, wie es in seinem Gesicht arbeitete und er hin und her gerissen war. Sie kannte ihn so gut. Entweder nahm er Max mit, um ihn niederzumachen, was für Jens eine Genugtuung war, weil er sich dabei aufspielen konnte oder er entschied für Tim und versuchte, sie zu bestrafen.

Anja beschloss, etwas zu sagen: „Ich hatte eine stressige Woche und habe eine Menge Hausarbeit. Ich freue mich schon auf einen ruhigen Sonntag.“ Jens musterte sie misstrauisch. Anja schlug unschuldig ihre Augenlider nieder und bemühte sich um einen neutralen Gesichtsausdruck.

Gleich darauf sagte Jens: „Ist wohl besser, den Kleinen dazulassen. Der stört uns Männer nur.“

Tim jubelte und bekam von dem Machtspiel seiner Eltern nichts mit.

Anja sah aus dem Augenwinkel, wie Max neben ihr erleichtert aufatmete. Gleich darauf entfernte er sich aus der Schusslinie seines Vaters und verschwand in sein Zimmer.

„Los Tim! Zieh dich an! Ich will gleich los“, befahl Jens.

„Um wieviel Uhr bringst du Tim zurück?“, fragte Anja.

„Wirst du schon merken, wenn er wieder da ist“, antwortete Jens. Er wendete sich seinem älteren Sohn zu und ließ Anja stehen.

Anja beobachtete, wie die zwei die Wohnung verließen und schaute ihnen hinterher, wie sie gemeinsam die Treppe hinunter liefen. Sie hörte, wie Jens und Tim miteinander sprachen. „Na Großer, du bist wieder ein Stück gewachsen.“ Er klopfte ihm anerkennend auf den Rücken. „Aber die Hosen sind unmöglich. Hatte deine Mutter keine Lust, dir neue zu kaufen?“

„Sie sagt, sie hat kein Geld. Dabei überweist du doch Geld. Nicht wahr?“

„Natürlich, und das nicht zu wenig. Nächste Woche hole ich dich, und wir kaufen dir was Anständiges zum Anziehen. Ich kleide dich neu ein. Und das neueste Playstation Spiel ‚Viva‘ holen wir auch. Ts, ts, ts, wofür deine Mutter wohl das viele Geld verschwendet?“

Anja, die am Treppengeländer stand, sah, wie Tim seinen Vater anhimmelte. Sie konnte es kaum glauben. Ihr Körper bebte vor Wut. Alles Lügen, dachte sie. So ein Blender. Aber Tim glaubte ihm.

Und ein neues Motorboot hat er auch. Mir den Unterhalt schuldig zu sein. Am liebsten wäre sie hinterhergerannt, um ihn zu packen und zu schütteln. Na warte, heute Abend stelle ich dich zur Rede, sobald er Tim bringt, schwor sie sich und ging wieder zurück in ihre Wohnung.

„Frühstück mein Schatz“, rief Anja. Sie hatte liebevoll den Tisch gedeckt. Max kam sofort und legte sein Buch neben den Teller. In einträchtigem Schweigen saßen sie zusammen. Anja trank nur Kaffee, da ihr der gestrige Streit mit ihrer Freundin auf den Magen geschlagen hatte. Die Augen von Max wanderten zu dem Dokument, welches achtlos auf dem Tisch lag, und er las, was darauf stand. „Was ist denn das?“, fragend sah er seine Mutter an.

„Ach, ich glaube, das ist ein Irrtum.“

„Wieso glaubst du das?“

„Weil wir leider von meiner Seite keinerlei Verwandtschaft haben.“

„Und woher weißt du das?“, fragte Max altklug. „Vielleicht erbst du viel Geld und wir werden reich. Dann hast du keine Probleme mehr, und wir brauchen Papa nicht mehr“, fuhr er noch leise fort.

„Sollen wir heute Nachmittag picknicken? Am Ziegeleiweiher? Mit Decke und leckerem Essen. Lassen uns von der Sonne bescheinen und lesen in der freien Natur?“, schlug Anja vor, um das Thema zu wechseln.

„Au ja! Komm, wir gehen gleich“, jubelte Max abgelenkt.

Am Abend wartete Anja mit leicht rotem Nasenrücken auf Jens und Tim. Ungeduldig schaute sie auf die Uhr. 22 Uhr, Jens hatte Tim noch nicht zurückgebracht. Er weiß doch, dass er morgen Schule hat. Und seine Hausaufgaben hat er sicher auch nicht erledigt. Immer wieder sah sie auf ihr Handy. Keine Nachricht, dass es später werden würde und auch kein Lebenszeichen von Simone. Zum wiederholten Male versuchte sie ein paar Zeilen der Entschuldigung zu tippen, las es durch und löschte es wieder. Sie nahm den Brief vom Nachlassgericht und las ihn nochmals durch. Auch zum wiederholten Male legte sie ihn seufzend weg. Das glaube ich einfach nicht. Ich müsste es doch wissen. Damals hatte sich niemand gemeldet, deswegen kam ich ja ins Waisenhaus. Aber eine leise Hoffnung klopfte in ihrem Inneren an. Sie hörte das Türschloss. Endlich, dachte sie mit einem weiteren Blick auf die Uhr. Halb Elf. Sie war angesäuert und schoss zum Eingang.

Ohne Begrüßung legte Anja los. „Was fällt dir ein, Tim so spät nach Hause zu bringen? Er hat morgen Schule und Hausaufgaben sollte er auch noch machen. Es steht nicht zum Besten mit seinen Noten.“

„Dann kümmere dich mehr. Ich war mit ihm essen, damit er endlich mal was Richtiges zwischen die Zähne bekommt. Deine miserablen Kochkünste kenne ich zur Genüge. Außerdem kommt er nach mir. Meine Noten waren auch nicht besonders, und ich bin ein erfolgreicher Immobilienmakler geworden. Das wird schon“, er boxte Tim kumpelhaft in die Seite.

„Aber Hausaufgaben müssen trotzdem gemacht werden. Leg gleich los, ich verlasse mich auf dich."

Tims Gesicht verschloss sich kurz und hellte sich gleich darauf wieder auf. „Danke für den tollen Tag." Er schlenderte an seiner Mutter vorbei, ohne sie eines Blickes zu würdigen, und verschwand in sein Zimmer.

Jens wartete, bis er verschwunden war. Seine Gesichtszüge wurden starr, nur seine Kiefermuskeln mahlten. Zwischen zusammen gebissenen Zähnen zischte er: „Wage es nie wieder, mich vor meinem Sohn so anzumachen", und bewegte sich drohend auf sie zu. Kurz vor ihr stoppte er.

Anja fasste sich an den Ring, der an ihrer Halskette hing und hatte so das Gefühl, nicht alleine zu sein. Der Ring gab ihr Mut, sich gegen Jens zu stellen. „So geht das nicht weiter. Du hast den Unterhalt für zwei Monate nicht bezahlt. Aber ein Motorboot kannst du dir leisten."

„Wie naiv du bist. Du hast keine Ahnung vom Geschäft. Hättest du was Gescheites gelernt, dann wüsstest du das. Das Boot brauche ich für meine Kunden. Du weißt, ich habe ein gehobenes Klientel und um weiter gute Abschlüsse zu machen, muss ich mich erfolgreich zeigen." Er grinste sie kalt an.

Anja sah ihren Ex an. Seine nach hinten gegelten braunen Haare, seinen arroganten Gesichtsausdruck.

Ihre Oberlippe zitterte. „Du weißt, dass ich in der Ausbildung mit Tim schwanger wurde und ich sie abbrechen musste. Da du kaum zu Hause warst, konnte ich nach der Geburt die Ausbildung nicht beenden. Nach zwei Jahren wurde ich wieder schwanger. Ich habe unsere Kinder erzogen, Wäsche gewaschen, gekocht und geputzt."

„Und dafür hast du in meinem Haus nicht schlecht gelebt", unterbrach er sie. Sein Blick wanderte umher: „Und hast es für diese heruntergekommene Bude eingetauscht." Er breitete seine Arme aus. „Wie gesagt, mein Angebot steht noch. Ich nehme dich mit offenen Armen wieder auf."

Anja wich zurück. „Was glaubst du, wer du bist? Meinst du, ich führe eine Ehe zu dritt?"

„Ach die, die war zwar ein gutes Betthäschen, aber für mehr taugt die nix", sagte Jens abfällig.

„Dann kommt die Nächste und die Nächste. Treu sein konntest du noch nie!"

„Jetzt sieh das doch nicht so eng. Ich habe nun mal meine Bedürfnisse. Und wenn du nicht willst, muss ich halt andere Wege suchen."

„Du glaubst allen Ernstes, dass ich zu dir zurückkomme?"

„Ja, du wirst müssen."

„Wie meinst du das?"

„So, wie ich es sage."

Fassungslos starrte Anja ihn an. Sie griff den Ring an der Kette so fest, dass er in ihre Handfläche einschnitt. Mit schneidender Stimme sagte sie: „Verlass sofort meine Wohnung und morgen überweist du den fehlenden Unterhalt, sonst ...."

„Sonst was?", sagte Jens und schaute ihr mit stechenden Blick intensiv in die Augen. „Du drohst mir?“ Er baute sich vor ihr auf, packte sie mit eisernem Griff am Nacken und drückte sie zu Boden. „Du erinnerst dich? Beim letzten Mal?“

Zitternd brachte Anja ein hilfloses „Ja“ heraus. Er ließ sie los. Gab ihr einen Tritt und stürmte aus der Wohnung.

Anja krümmte sich weinend zusammen. Ich blöde Kuh. Ich weiß doch, wie er reagiert, wenn ich mich wehre. Sie kroch zur Toilette und erbrach sich. Wenigstens haben die Kinder nichts mitbekommen. Sie zog sich am Rand der Badewanne hoch und betrachtete sich im Spiegel. Ein schmales, blasses Gesicht schaute ihr entgegen, umrahmt von dunkelblonden glatten langen Haaren. Tiefe Augenringe umschatteten ihre Augen. Sie schob die Haare beiseite und sah entsetzt die Fingerabdrücke von Jens in ihrem Nacken. Wieder einmal. Morgen muss ich ein Tuch um den Hals tragen, das kenne ich schon, dachte sie. Sie schleppte sich ins Bett. Unruhig wälzte sie sich hin und her, bis sie endlich einschlief.

Am nächsten Morgen schaute sie in ihre Nachrichten App und rieb sich dabei ihren schmerzenden Nacken. Sie war erleichtert. Simone hatte geschrieben. Sie las den Text: „Wieder gut?“, und sie antwortete: „Ja, es tut mir leid. Muss mit dir reden ... Brauche deinen Rat. Bussi“, kurz darauf sah sie zwei blaue Haken und wusste, Simone war gerade online. Sie saß wie auf Kohlen. Oberhalb des Chats stand, dass Simone schreibt ... Nach ein paar Sekunden, die sich für sie endlos zogen, kam die Antwort. „Heute und Morgen kann ich nicht. Muss einen Auftrag für einen Neukunden fertig machen. Mittwoch?"

„Ja, das geht, aber ich kann nur morgens. Habe Mittagsschicht."

„Schon wieder?", kam umgehend die Antwort. Anja ging nicht darauf ein und schrieb: „Mittwochmorgen 10 Uhr?"

„Ja, das klappt. Ich komme zu dir."

Erleichtert legte Anja ihr Smartphone weg. Sie überlegte, was sie tun könnte. Die Kinder waren in der Schule. Ihre Hand griff nach dem Brief, und sie las ihn genauer durch. Ich weiß nicht? Soll ich mich dort einfach melden? So würde sie mehr erfahren. Ich habe doch nichts zu verlieren oder einfach das Ganze ignorieren?, kreisten ihre Gedanken.

Nach einem langen Arbeitstag und einem schnellen späten Abendessen, schaute Anja in Max' Zimmer, um ihm gute Nacht zu wünschen.

„Du Mama", sagte Max.

„Ja", Anja setzte sich zu ihm auf die Bettkante.

„Ich habe ganz vergessen, dir zu erzählen, dass letzte Woche, als ich von der Schule heimkam, ein Mann vor unserer Tür stand. Er hat nach dir gefragt."

„Weißt du, wer das war?", fragte Anja alarmiert.

„Er sagte, er wäre der neue Eigentümer unserer Wohnung und wollte mit dir sprechen, um zu fragen, wann wir endlich ausziehen. Dann sagte er, du hättest genügend Zeit gehabt, außerdem würde er keine Bemühungen von deiner Seite bemerken und wenn wir bis in zwei Monaten nicht endlich weg seien, würde er vor Gericht gehen." Seine Augen schwammen in Tränen. „Er hat mir Angst gemacht."

Anja streichelte tröstend Max' Arm. Ihre Gedanken rasten. Das ist unglaublich, meinen Sohn so zu verängstigen.

„Müssen wir bald auf der Straße leben?", unterbrach Max ihre Gedanken und sah Anja unsicher an.

„Nein, das passiert nicht", versuchte Anja ihren Sohn zu beruhigen.

„W ... wenn ich einen Hund hätte, der würde uns beschützen", stotterte Max.

„Ja, ein Hund wäre schön", sagte sie und in Gedanken fügte sie hinzu, und vor Jens würde er mich auch beschützen. Der hat Angst vor Hunden, dabei rieb sie sich ihren Nacken. Laut sagte sie: „Mach dir keine Gedanken. Es wird sich alles regeln. Schlaf gut", und verließ den Raum.

Vor Tims Zimmertür blieb sie stehen und rief durch die geschlossene Tür: „Gute Nacht!" Keine Antwort, das kannte sie schon.

Kapitel 4

Mittwoch um 10 Uhr fand sich Anja in einer Umarmung von Simone wieder. Sie lehnte ihren Kopf an die Schulter ihrer Freundin, atmete tief ihren Geruch nach Gänseblümchen ein und murmelte: „Unser erster Streit. Es tut mir so leid. Ich weiß nicht, was in mich gefahren war."

Simone nahm Anjas Gesicht in beide Hände und schaute ihr tief in die Augen. „Du weißt, dass ich es nur gut mit dir meine und bin ein bisschen enttäuscht, dass du dich nicht zuerst gemeldet hast."

„Ich habe immer wieder eine Nachricht angefangen, aber mir haben die richtigen Worte gefehlt."

„Manchmal weiß ich nicht mehr, was ich mit dir machen soll. Du verweigerst jede Hilfe. Du bist so stur und bockig und willst alles alleine schaffen. Schau dich an, Du bist nur noch ein Schatten deiner selbst." Sie strich die Haare von Anja nach hinten und atmete scharf ein. „Und wie ich sehe, bist du auf Jens getroffen."

Anja legte in unbewusster Geste ihre Hand in den Nacken, der grün und blau schillerte. Es war immer noch der Handabdruck von Jens zu sehen.

„Du weißt, dass du ihn anzeigen kannst?"

„Ja, aber mir fehlt der Mut dazu. Außerdem wird er dann vielleicht noch schlimmer. Ich habe schlicht und einfach Angst.“

„Endlich sprichst du es aus.“

Verwundert schaute Anja Simone an. „Wie meinst du das?“

„Ich habe noch niemals aus deinem Mund gehört, dass du Angst vor ihm hast. Meistens hast du das Thema gleich gewechselt. Oftmals hatte ich das Gefühl, du bist wie diese Masse Slime. Du warst nicht zu packen.“

„Slime?“

„Ja, diese grüne Masse, die einem zwischen den Fingern durchflutscht.“

„Das glaub ich nicht, du vergleichst mich mit Schleim“, lachte Anja.

„Du wolltest mit mir reden?“, fragte Simone wieder ernster werdend.

Anja ging mit Simone in die Küche und holte den Brief vom Nachlassgericht. „Ich weiß nicht, was ich tun soll.“

Simone setzte sich, nahm Anja das Dokument aus der Hand und schob sich ihre Lesebrille auf die Nase, die mit einer Kette um ihren Hals hing. „So diesmal kann ich es selbst lesen.“

Ein paar Minuten Stille. Anja beobachtete sie gespannt, dabei knetete sie nervös ihre Hände.

Endlich schaute Simone auf: „Also für mich sieht das verdammt echt aus. Du solltest dich dort melden und soweit ich weiß, wirst du dann mehr erfahren. Ich rate dir, melde dich bald. Mach einen

Termin aus und fahre hin, denn wenn du gar nichts tust, nimmst du das Erbe an. Sobald du mehr Informationen hast, könntest du das Erbe auch ablehnen, zum Beispiel, wenn es aus Schulden besteht. Hier steht, du sollst Ausweis und deine Geburtsurkunde mitbringen."

Nervös strich sich Anja ihre Haare aus dem Gesicht und fragte mit leiser Stimme: „Könntest du mitgehen?"

„Ja klar, du weißt, sonst sterbe ich vor Neugierde", und schnalzte mit ihrer Zunge. „Lass uns gleich anrufen", sie zückte ihr Handy.

Während des Gespräches reckte Simone ihren Daumen hoch, nickte Anja bestätigend zu und gab ihr dann das Telefon.

„Schneider hier", sie hörte kurz zu und schaute auf ihren Dienstplan. „Ja das ginge. Super, da habe ich Zeit. Wiederhören."

„Und?"

„Nächste Woche am Dienstag um 16 Uhr. Das passt prima", freute sich Anja. „Ich muss nicht einmal freinehmen. Da habe ich Frühschicht. Hoffentlich macht mir die Veugtler keinen Strich durch die Rechnung", und ihre Stirn umwölkte sich.

„Und wenn, dann machst du mal krank. Es kann nicht sein, dass du dein ganzes Leben nach dieser mies bezahlten Arbeitsstelle ausrichtest", schnaubte Simone. Anja ließ den Kommentar so stehen und hoffte innerlich, dass alles klappen würde.

Endlich Dienstag und bald Feierabend, dachte Anja. Sie hatte unruhige Tage hinter sich. Immer wieder zweifelte sie an, dass sie überhaupt irgendwo noch Verwandtschaft hatte. Die innere Unruhe stieg, und sie konnte an der Kasse kaum noch stillsitzen. Der nächste Kunde, ihre Augen wanderten zur Kassenuhr, noch zehn Minuten, dann habe ich es für heute geschafft, dachte sie erleichtert. Sie hob kaum die Augen während sie „Hallo", sagte und zog die Einkäufe des Kunden über den Scanner. „Macht 18,45 Euro", erst dann hob sie den Blick.

„Hallo, geht es Ihnen wieder besser?"

Fragend schaute Anja den Kunden an. „Was?"

„Ob es Ihnen wieder besser geht? Das letzte Mal, als ich Sie gesehen habe, ging es Ihnen nicht besonders gut."

„Ah, jetzt", Anjas Gesicht hellte sich auf und ihr fiel die Begegnung von neulich wieder ein. „Ja natürlich", sie nickte bestätigend.

Er reichte ihr einen 20 Euro Schein, dabei berührten ihre Hände sich kurz. Ein Stromschlag durchzuckte Anja, und eine Gänsehaut überzog ihren ganzen Körper. Überrascht zog sie ihre Hand zurück, zählte das Wechselgeld heraus und legte es vor ihn hin. Sie spürte seinen Blick wie eine warme einhüllende Decke auf sich.

„Darf ich fragen, wie Sie heißen?"

„Anja", stotterte sie. „Und der Rest steht auf dem Kassenzettel." Von hinten hörte sie ihre Kassenchefin rufen: „Frau Schneider, kommen Sie ins Kassenbüro."

„Ich muss schließen", sagte Anja und tippte ihren Code ein, um die Kasse abzumelden, zog die Kassenschublade heraus und stolperte aus dem Kassenbereich. Ihre Beine waren weich wie Pudding. Auf dem Weg zum Büro spürte sie seinen Blick im Rücken, und war versucht sich umzudrehen. Beließ es aber. Betrat dann für die Abrechnung das Kassenbüro und schloss hinter sich die Tür. Kurz lehnte sie sich an den Türrahmen. Ein ganzes Bienennest summte in ihrem Kopf.

„Was ist denn mit Ihnen los?", fragte ihre Chefin. „Sie sind den ganzen Tag so unruhig. Ich hoffe, Ihre Kasse weist nicht schon wieder irgendwelche Unstimmigkeiten auf", und grinste dabei abschätzend.

Anja stieß sich von der Türe ab und stellte sich der Abrechnung.

Mit gerunzelter Stirn saß ihre Chefin vor dem Monitor. Anja schaute ihr über die Schulter und sah keine Differenzen. Innerlich freute sie sich und konnte sich nicht verkneifen, laut zu sagen: „Schon wieder Nullerkasse, weder zu viel noch zu wenig Geld in der Kasse, wie seit vielen Monaten."

Bevor sie das Kassenbüro verlies rief sie fröhlich: „Schönen Tag noch, bis morgen."

„Wer fährt?“, fragte Anja.

„Ich natürlich! Ich bin mir nicht sicher, ob dein Auto im ganzen Stück in Tuttlingen ankommen würde“, Simone schaute zweifelnd auf Anjas elf Jahre alten Renault Twingo. „Außerdem haben wir so herrliches Wetter“, sie blinzelte in den strahlend blauen Himmel. „Perfekt, um offen zu fahren.“

Anja stieg in den knallgelben Mini Cooper Cabrio ein. Simone drehte den Zündschlüssel, trat aufs Gas und sie fuhren los.

Die warme Luft blies Anja um die Nase und ihre schulterlangen Haare flatterten im Wind. Laut sang sie, von der Band Unheilig den Text von dem Lied „Das Leben ist schön“ mit.

So fuhren sie die Schnellstraße von Singen Richtung Engen. Die Hegaulandschaft mit ihren erloschenen Vulkankegeln rasten an ihr vorbei. Sie war so lange nicht mehr aus ihrem engen Umkreis herausgekommen und genoss jeden Augenblick der schnellen Fahrt. Der Druck und die Sorgen fielen mit jedem Kilometer von ihr ab, und sie lachte befreit auf.

„Sollen wir über den Witthoh nach Tuttlingen fahren?“, schrie Simone, um die Musik zu übertönen. „Die Fahrt dauert zwar etwas länger, ist dafür umso schöner. Wir sind früh genug dran.“

„Gerne“, schrie Anja gegen die Musik an, die laut aus den Lautsprechern wummerte. „Ich war noch nie dort.“

„Was, du kennst den Höhenzug Witthoh nicht! Er ist Teil der Hegaualb und der schwäbischen Alb und trennt das raue Klima der Alb vom milden

Einfluss des Bodensees." Sie musterte Anja, die eine Jeans mit T-Shirt trug. „Du wirst merken, dass es dort oben ein paar Grade kühler ist. Dafür ist die Aussicht gigantisch."

„Das macht nichts. Ich genieße diese Fahrt, es fühlt sich wie Urlaub an." Anja streckte ihre Arme in die Höhe und sang lauthals: „Das Leben ist schön!"

Auf dem Wittoh angekommen hielten sie ein paar Minuten an und bewunderten die Panoramahegaulandschaft mit der weit dahinter liegenden Alpenkette. Fröstelnd schlang Anja ihre Arme um sich und atmete tief die frische Luft in ihre Lungen ein.

Für Anjas Empfinden war die Fahrt viel zu schnell vorbei. Nach einer dreiviertel Stunde bogen sie in Tuttlingen in die Wedergasse ab und parkten rechts neben dem Amtsgericht und betraten das Gebäude.

„Guten Tag, setzen Sie sich", wurden sie vom Notar begrüßt, er zeigte auf die Stühle an seinem Schreibtisch. Er setzte sich und schaute von einer zur anderen. „Wer von Ihnen beiden ist Anja Schneider geborene Lindacker?"

„Ich", sagte Anja und kramte aus der Tasche ihren Ausweis und die Geburtsurkunde hervor und übergab alles dem Notar.

„Mein Name ist Stefan Waldscheit", stellte er sich vor.

Anja sah einen korrekt angezogenen Mann in Anzug und Krawatte vor sich sitzen, dessen Krawattenknoten bis zum Adamsapfel hochgezogen war.

„Mein verstorbener Mandant Otto Murghoff hinterlegte sein Testament bei mir. Die Testamentseröffnung hatte schon stattgefunden.“

„Woher wissen Sie, dass ich anscheinend mit ihm verwandt bin?“, stellte Anja ihm die Frage, die sie am brennendsten interessierte.

„Moment Frau Schneider, lassen Sie mich bitte ausreden. Ich erkläre Ihnen alles.“ Er verschränkte seine Hände auf dem Schreibtisch, sammelte sich, da er unterbrochen worden war, und redete dann weiter. „Also, Herr Murghoff hatte eine Erbenermittlung beauftragt, um Sie ausfindig zu machen. Es dauerte Jahre, bis Sie gefunden wurden. Ursprünglich wollte er seinen Nachlass der Kirche vermachen, da er Pfarrer war und änderte, nachdem Sie ermittelt wurden, sein Testament. Herr Murghoff war schon schwer krank und so konnte er leider nicht mehr mit Ihnen in Kontakt treten. Ihr Erbe beinhaltet, falls Sie es annehmen, einen Brief vom verstorbenen Otto Murghoff an Sie und ein Anwesen bei Hausen an der Aach.“

Ungläubig schaute Anja ihn an. Neben sich hörte sie ein Schnalzen von Simone.

Der Notar fuhr fort: „Das Anwesen beinhaltet ein Mühlenhaupthaus und diverse Nebengebäude. Insgesamt zehn Hektar Land. Zudem ein Barvermögen von 3480,27 Euro.“

Stille.

Tausende von Ameisen krabbelten über Anjas Körper. Sie konnte sich nicht mehr bewegen und aus ihrem Mund kam nur ein Krächzen hervor. Simone sprang auf und umarmte die erstarrte Anja.

„Herr Murghoff hatte vermutet, dass Sie damit eventuell überfordert sein könnten, und bat mich, Ihnen seinen Brief gleich auszuhändigen, mit der Bitte an Sie, dass Sie zu diesem Anwesen fahren, um es sich anzuschauen. Er meinte noch, dass Sie vorab die Gelegenheit erhalten sollten, hm, wie sagte er so schön ... zu Ihren gemeinsamen Wurzeln zu gehen, und zwar zur Murghoff Mühle von Ihren Vorfahren Hedwig und Paul.“ Er nahm seine Krawatte ab, öffnete die obersten zwei Hemdknöpfe und legte das Jackett ab. „Überlegen Sie es sich. Lassen Sie sich ein paar Tage Zeit und melden sich dann wieder, ob Sie das Erbe annehmen wollen. Otto war ein langjähriger Freund von mir und es lag ihm sehr am Herzen, dass ich die Angelegenheit für ihn regele.“ Er strich sich eine Träne weg, die über seine Wange lief. „Hier ist die Adresse, eine Wegbeschreibung und der Brief.“ Er schob Anja die Unterlagen zu.

Simone schaute Anja von der Seite an, die überhaupt nicht reagierte. Sie erhob sich und half Anja beim Aufstehen, weil deren Beine wie auf einer Eisscholle wackelten. „Vielen Dank Herr Waldscheit. Frau Schneider meldet sich bei Ihnen. Es ist gerade etwas viel für sie.“ Simone nahm Anja beim Ellenbogen, schnappte sich die Papiere und schob Anja aus dem Raum und dem Amtsgericht hinaus.

Sie saßen beide eine Zeitlang im Auto, bis Simone das Schweigen brach: „Was ist los?“, und legte ihre

Hand auf Anjas, die eiskalt war. „Sag mal, stehst du unter Schock?“

Anja drehte wie in Zeitlupe ihren Kopf zu Simone. Ihre Augen waren weit geöffnet und der Blick ihrer Augen schaute durch Simone hindurch.

„He, ich mache mir Sorgen um dich. Anja!“, rief sie laut. „Hörst du mich überhaupt?“

In Anjas Ohren rauschte es. Sie hatte das Gefühl einen Wasserfall in ihrem Kopf zu haben, die Stimme ihrer Freundin Simone drang wie durch Watte durch sie hindurch. Mit schwerer Zunge, wie lallend antwortete sie: „Jaaa.“

„Ich glaube, wir müssen etwas für deinen Zuckerspiegel tun. Beim Herfahren habe ich ein Kaffeehaus gesehen. Dort gehen wir hin und du bekommst ein großes Stück Torte.“ Sie drehte den Autoschlüssel und fuhr los.

Sobald sie am Tisch saßen, bestellte Simone zwei Milchkaffee und zweimal Schwarzwälder Torte. Beim Warten musterte Simone ihre Freundin. Sie sah ein erschreckend blasses Gesicht, in dem die hellbraunen Augen riesengroß hervorstachen. Der Ausdruck starr. Die etwas vollere Oberlippe zitterte leicht. Simone ließ ihre Augen bis zu dem Feuermal an Anjas rechtem Innenhandgelenk wandern, das dunkelrot leuchtete. Die linke Hand von ihr rieb nervös die Kettenglieder ihrer Halskette. „Wenigstens ein Zeichen, das sie noch lebt“, murmelte Simone vor sich hin und verfolgte dabei besorgt die auf und ab gleitende Hand.

Die Bedienung brachte die Bestellung und stellte sie vor den beiden ab. „Brauchen Sie noch etwas?“, fragte sie höflich.

„Nein danke, das ist im Moment alles“, antwortete Simone und nickte der Kellnerin zu.

Anjas Finger umschlossen die Kaffeetasse. Langsam kehrte die Wärme in ihre Hände zurück. Ihre Augen starrten ins Leere, während sie an dem Heißgetränk nippte. „Autsch!“, entfuhr es ihr. „Ist das heiß“, fluchte sie. Ihr Blick wurde wacher und sie fuhr sich mit der Hand über ihre Lippen.

Erleichtert atmete Simone aus. Sie sah, dass Anja ihre Starre verlassen hatte und wieder Leben in sie einkehrte. „Wozu heißer Kaffee doch gut ist“, murmelte Simone vor sich hin.

„Ich glaube es nicht“, sagte Anja plötzlich laut und rieb sich mit der Hand über ihre Stirn. „All die Jahre hatte ich einen Verwandten.“ Sie schlug mit der Faust auf den Tisch, so dass das Kaffeegeschirr klirrte.

Die Menschen um sie herum drehten ihre Köpfe und starrten zu Anjas und Simones Tisch.

„Pst, nicht so laut“, mahnte Simone.

„Das ist mir egal“, rief Anja mit erhobener Stimme. „Warum hat er nicht früher nach mir gesucht? Dann hätte ich nicht ins Waisenhaus gehen müssen.“

„Vielleicht stehen die Antworten in dem Brief an dich?“, versuchte Simone zu beschwichtigen.

„Gib mal her!“, sagte Anja grob.

„Wow, hast du gerade ein Temperament. So kenne ich dich gar nicht“, bemerkte Simone und gab ihr den verschlossenen Umschlag von Otto Murghoff.

Anja riss ihn Simone aus den Händen und betrachtete die Schrift. Eine deutliche klare Handschrift sprang ihr entgegen. Sie zerknüllte ihn zwischen den Händen und warf ihn wieder Simone zu.

Simone sah aus den Augenwinkeln, wie die Bedienung mit besorgter Miene zu ihnen eilte.

„Alles in Ordnung bei Euch?“

„Ja“, antwortete Simone. „Meine Freundin hat eine beunruhigende Nachricht bekommen“, versuchte sie zu erklären.

„Das kann ich verstehen, aber wir haben noch andere Gäste. Könnten Sie vielleicht etwas leiser sein?“

„Entschuldigen Sie, natürlich. Können wir bezahlen?“

Simone beglich die Rechnung. „Lass uns nach draußen gehen“, schlug sie vor. „Da lässt es sich leichter reden, dort musst du deine Gefühlsausbrüche nicht unter Kontrolle halten und hast die Möglichkeit zu schreien und zu wettern, wie du willst“, sagte sie lächelnd. „Ist mir lieber als das Schweigen“, fügte sich noch hinzu.

Sie überquerten die Straße zum Stadtpark und setzten sich auf eine Bank.

„Sprich dich aus. Was geht dir durch den Kopf?“

Wie wenn ein Schalter umgelegt wurde, sprudelte es aus Anja hervor. „Ich bin so saumäßig wütend. Es ist so ungerecht. Ich erfahre erst jetzt, dass ich noch Verwandtschaft hatte. Nachdem er gestorben ist. Warum hat er nicht früher nach mir gesucht. All die Jahre habe ich mich so einsam gefühlt. Wenn ich dich und meine Kinder nicht gehabt hätte. Ihr seid mein einziger Halt. Weißt du, die Wunde, der Tod meiner Eltern war nie ganz verheilt. Es fehlte mir immer was im Leben. Ich glaube, das kann nur jemand verstehen, dem das genauso passiert ist. Ich habe es als Kind nie erlebt oder ich erinnere mich nicht daran, da ich beim Unfall zu klein war, als Kind am Morgen des Geburtstages liebevoll geweckt zu werden und in den Augen der Mutter lesen zu können, dass man bedingungslos geliebt wird“, sagte Anja mit leiser tonloser Stimme.

Simone legte ihre Hand auf Anjas Schenkel und drückte zum Zeichen, dass sie für sie da war. „Aber du hattest mich, zum Teil auch meine Eltern. Auch Schwester Maria Carola war für dich da.“

„Ja“, schluchzte Anja auf. „Und doch fehlte all die Jahre immer etwas. Und jetzt, jetzt war es ganz nahe, und er verstirbt, und ich kann ihn nicht mehr kennenlernen. Nicht das Gefühl erleben, da gibt es außer meinen Kindern jemanden von meinem Blut.“

„Vielleicht hatte Otto Murghoff das geahnt und hatte dir deshalb einen Brief geschrieben, mit der Bitte, zu dieser Mühle zu fahren.“

„Ich bin so unsicher Simone.“

„Weshalb? Fahr die nächsten Tage dorthin. Alleine! Und schaue dir alles in Ruhe an. Lies den Brief und dann entscheidest du. Vielleicht klärt sich dein Warum und Wieso auf.“

Die darauffolgenden Tage überlegte Anja hin und her. Mal war sie überfordert und wollte das Erbe von vorn herein ablehnen, mal wollte sie gleich in ihr Auto springen und hinfahren. Beim Kochen blieb sie plötzlich wie erstarrt stehen und starrte ins Nichts. Auf der anderen Seite hatte sie Anwandlungen von hektischer Betriebsamkeit. Nachts wälzte sie sich hin und her und schlief oftmals erst in den Morgenstunden ein. Sie war seit eh und je schlank wie biegsames Riedgras und nahm noch weiter ab. Sie hatte das untrügliche Gefühl, dass mit der Annahme des Erbes ihre Welt nicht mehr wie vorher war. Sie hatte schlicht und einfach Angst und war stark verunsichert.

Max bewegte sich wie auf heißen Kohlen in ihrer Nähe und versuchte, sich so gut wie möglich unsichtbar zu machen, da er spürte, dass seine Mutter am Abgrund tänzelte. Tim dagegen gab abfällige Bemerkungen über seine Mutter von sich. Oft tippte er sich in ihrem Beisein an die Stirn, um ihr zu zeigen, dass er sie für Ga ga hielt. Ansonsten beachtete er sie kaum.

Simone beobachtete die Entwicklung ihrer Freundin besorgt.

Kapitel 5

Am Sonntag klingelte sie Sturm bei Anja, schoss durch die Haustür und rief: „Jetzt reicht es Anja. Fahr hin! Nimm dir die Zeit dort. Ich bleibe hier bei Max und unternehme mit ihm was Schönes“, sie setzte sich an den Küchentisch, verschränkte ihre Arme und schaute Anja entschlossen an. „Ich bewege mich hier keinen Meter weg, bis du aus der Haustür gehst und dir die Mühle anschaust!“

„Was für eine Mühle?“, fragte Max mit großen Augen. Anja machte eine Handbewegung, wie wenn ein Reißverschluss die Lippen versiegelt.

Simone stutzte kurz: „Deine Mama hat seit Tagen ein Bild von einer Mühle im Kopf, welches sie unbedingt malen möchte“, flunkerte sie.

„Deshalb bist du so komisch“, sagte Max erleichtert. „Fahr hin. Ich bin auch zappelig, wenn ich unbedingt ein spannendes Buch weiterlesen möchte.“

„Ja, fahr endlich hin“, bestätigte Simone Max.

Anja stieß sich vom Küchentresen ab, packte ihre Handtasche, in der sich der Brief von Otto befand und rannte wortlos aus der Wohnung.

Ihre Hände zitterten, während sie ihr Auto aufschloss. Sie stieg ein, steckte den Schlüssel in das Zündschloss und startete. Stotternd ging der Motor aus. Sie holte tief Luft, wartete ein zwei Sekunden und probierte es erneut. Der Motor heulte auf. In Schrittgeschwindikeit schlich Anja mit ihrem Auto vom Parkplatz. Sie hatte schon auf Google Maps geschaut. Es war nicht sonderlich weit. Obwohl sie langsam fuhr, war sie in ein paar Minuten in Hausen. Sie durchquerte die Gemeinde. Am Ende der Ortschaft sah sie eine Brücke, dort bog sie kurz vorher links ab und parkte. Sie stieg aus und schaute sich um. Schön ist es hier, dachte sie. Es war nur der leicht rauschende Verkehr von der naheliegenden Landstraße zu hören. Über ihr zwitscherten die Vögel in den Bäumen, die ein Dach über der Parkbucht bildeten. Ein kleines Häuschen stand an dem Weg, der zu dem Grundstück führte.

Ob das auch dazu gehört?, fragte sich Anja. Sie blieb davor stehen und betrachtete es. Blumenkästen mit üppig blühenden Geranien waren vor den Fenstern befestigt. Der Geruch von Thymian, Bärlauch und Pfefferminze stiegen ihr in die Nase. Leise plätscherte der Fluss hinter ihr. Vor dem Häuschen stand neben dem Eingang eine Bank, auf der eine ältere Frau mit schwarz graumelierten Haaren in der Sonne saß und strickte. Anja hob kurz ihre Hand zum Gruß und die Frau nickte ihr freundlich zu.

Anja wendete sich ab und schlenderte den Weg an dem Fluss Radolfzeller Aach entlang.

Einzelne Trampelpfade am Wegesrand schlängelten sich durch die Büsche, zum Flussufer. Anja beschloss, einen kurzen Abstecher zu machen.

Vorsichtig kletterte sie an der Böschung nach unten und blieb verzaubert stehen.

Sie schaute den Fluss hinauf. Libellen, die über das dahin fließende Wasser flogen, zogen ihre Kreise. Die Sonne sandte Lichtstrahlen zwischen den tiefhängenden Bäumen hindurch, die wenn sie auf das Wasser trafen, glitzernde regenbogenfarbige Reflexe zauberten.

Anja kniete sich am Flussufer in das Gras und streckte ihre Arme in das kalte Wasser. Wie magisch es hier ist, dachte sie. Sie war beeindruckt von dieser Natur und tief in ihr löste sich ein Knoten.

Anja richtete sich auf, kraxelte die Uferböschung zum Weg hinauf und wandte sich nach rechts. Weit hinten am Ende des Weges zwischen Wiesen und Feldern schimmerte ein Gebäude durch die Bäume. Anja hatte den Eindruck, dass diese Bäume das Haus beschützen würden. Leise in der Ferne war ein Klappern zu hören. Ein Bild entstand vor ihren Augen, wie das Mühlenrad seit hunderten von Jahren das Wasser schaufelte. Klipp, klapp sang es in ihren Ohren.

Ihre Schritte wurden schneller, nach einer Weile schlängelte sie sich zwischen Birken hindurch und stand schließlich vor einem Klinkerhaus, dessen Mauersteine in der Sonne rot leuchteten. Ein großer gepflasterter Hof verband das Haupthaus mit der Scheune. Das Haus selbst war viereckig geschnitten, mit drei Stockwerken und hatte neue Dachziegel erhalten, die in der Sonne glänzten.

Anja fand, dass das Gebäude insgesamt gut in Schuss war. Sie sah die frischen Spuren der Renovierungsarbeiten und auf dem Hof lag einiges an Baumaterial. Rechts vom Haupthaus führte ein schmaler Weg zu einem kleinen Mühlenhaus, welches direkt am Fluss stand. Von dort war das Klappern zu hören.

Sie bewegte sich Richtung Haupthaus. Aus den Augenwinkeln glaubte sie, eine Bewegung auszumachen. Ihr Kopf ruckte zur Seite. Sie betrachtete aufmerksam das Gebüsch. Nichts zu sehen. Achselzuckend lief sie an der ausladenden Linde vorbei, die mitten im Hof wuchs. Die knorrigen Äste spendeten Schatten. Um den Stamm herum war eine Sitzbank montiert. Das Holz war über die vielen Jahre zu einem Grau mit dunklen Spuren gebleicht.

Direkt vor dem Gebäude legte sie den Kopf weit in den Nacken und sah zum Dachfirst hoch. Ihr wurde fast schwindelig, sie schwankte kurz. Dann drehte sie sich einmal im Kreis, um einen Überblick zu bekommen. Innerlich jubelte ihr Herz. Ihre Bedenken der letzten Tage wichen wie eine dunkle Wolke von ihr. Sie fühlte sich leichter und schrie ein lautes: „Juhu!“ Erschrocken flatterten einige Vögel aus der Linde nach oben.

Jetzt bin ich bereit, die letzten Zeilen des Verstorbenen zu lesen, dachte sie und setzte sich vorsichtig auf die Bank unter der Linde. Sie holte den verknitterten Briefumschlag hervor und öffnete ihn. Mit einem kurzen Rundumblick, wie um sich die Erlaubnis zu guter Letzt zu holen, entfaltete sie das Papier und begleitet von der Musik des Mühlenrades, welches immerfort seine Runden drehte, begann sie zu lesen.

Liebe Anja, wenn Du diesen Brief liest, weile ich nicht mehr unter den Lebenden. Ich hatte so sehr gehofft, Dich zu meinen Lebzeiten kennen lernen zu dürfen. Aber der liebe Gott hat wohl anderes mit Dir und mir vor. Du wunderst Dich sicher, warum ich mich erst jetzt melde.
Vor mehreren Jahren erst erhielt ich die Information, dass es bei dem Murghoff-Stammbaum einen verschwiegenen Zweig gab. Ich beauftragte eine Erbenermittlung und es dauerte viele Jahre, bis sie Dich gefunden hatten. Vor einigen Tagen bekam ich endlich einen fast lückenlosen Bericht von Deinem Werdegang, und es tut mir so sehr leid, was Dir das Leben in Deinen jungen Jahren angetan hat und dass ich nicht für Dich da sein konnte. Nun kann ich nur noch eines tun.

Anja bemerkte, dass die sonst klare Schrift, zittriger wurde.

Meine Lebensuhr läuft ab. Ich spüre schon, wie die Himmelspforte nach mir ruft, und ich habe letzte Wünsche an Dich.

Hier stoppte Anja, weil ihr Herz wie die Hufe eines galoppierenden Pferdes schlug.

Sie las weiter.

Es ist mir von Herzen wichtig, dass das Mühlenanwesen in liebevolle Hände kommt und in der Familie bleibt. Es ist mein Vermächtnis an Dich und ich hoffe, dass Du Deine Wurzeln dort findest. Außerdem habe ich im Kloster Beuron noch etwas Wichtiges für Dich hinterlegt. Fahr hin und melde Dich bei Mönch Augustus. Er ist mein Beichtvater und Vertrauter. Er weiß Bescheid und erwartet Dich.
Liebe Anja, ich schaue nun, wenn Du diese Zeilen liest von oben auf Dich herab und hoffe, dass Du Dich für die Familie Murghoff entscheidest. Denn Du bist die einzige lebende Nachfahrin, außer Deinen Söhnen. Hedwig, Deine Urahnin, hätte es so gewollt.

Anja hörte wieder ein Rascheln und schaute Richtung Wald, der mit seinen hohen stolzen Bäumen das Mühlenhaus bewachte. Sie kniff ihre Augen zusammen in der Hoffnung, besser zu sehen. Ein Kaninchen hoppelte vom Wald über die Wiese.

Sie neigte ihren Kopf und vertiefte sich wieder in den Brief.

Lies das Tagebuch von Hedwig. Irgendwann werden wir uns auf einer anderen Ebene begegnen. Bis dahin, finde Dein Glück, lebe Deine wahre Bestimmung. Es umarmt Dich.
Otto

Anja ließ die beschriebenen Seiten in ihren Schoß fallen, legte ihre Arme um sich und wiegte vor und zurück. Tränen der Erleichterung und des Glückes kullerten ihre Wangen hinunter und tropften auf den Boden. Dabei lächelte sie.

Bevor sie zu ihrem Auto zurücklief, fotografierte sie alles, um es nachher Simone und Max zu zeigen.

Auf der Rückfahrt beschloss Anja spontan, zum Klosterfriedhof Hegne zu fahren und das Grab der Nonne Maria Carola zu besuchen.
Ich war solange nicht mehr dort, dachte sie. Ihr Auto schnurrte auf der Schnellstraße Richtung Hegne bei Konstanz.

Am Parkplatz vor dem Friedhof angekommen, stieg sie aus und ihre Augen suchten den Bodensee. Im Dunst war die Insel Reichenau vage zu erkennen. Tief atmete sie die frische Seeluft ein und betrat dann durch die alte Pforte den Friedhof. Gleichförmige Reihen mit Gräbern, die wie ein Ei dem anderen glichen, erwarteten sie in stiller Ruhe. Nur die Namen auf den Grabsteinen waren verschieden. Sie lief die dritte Reihe ab und blieb vor dem Grab ihrer damaligen Vertrauten stehen. Solange war ich nicht mehr hier, dachte sie mit schlechtem Gewissen und bekreuzigte sich. Anja schloss die Augen und hielt stumme Zwiesprache mit ihr. Sie erzählte von der erfolglosen Wohnungssuche, dass Jens sie angegriffen hatte und von den Sorgen um ihren Sohn Tim, von Otto Murghoff und dem Erbe. Zum Schluss bat sie um ein Zeichen.

Ein leichter Windhauch kam auf und trug den Geruch von Rosen herbei. Anja meinte, eine Stimme zu vernehmen, die das Gedicht, welches Maria Carola ihr abends oft vorgelesen hatte, leise vortrug.

Spürst du die Engel,
in der Stille deiner Seele,
öffne deine Seelenaugen,
und du siehst sie,
in ihrem Licht,
weit scheinend,
du fühlst sie tief in deinem Inneren,
mach dich ganz weit,
sie führen dich,
und hüllen dich ein,
mit Wärme und Liebe,
Kraft und Vertrauen allseits dein.

Anja zuckte zusammen. Etwas hatte sie an der Schulter leicht berührt. Es fröstelte sie, und ein kalter Hauch umwehte sie. Sie drehte sich schnell um. Einen kurzen Augenblick sah sie einen weißlichen Schemen, der sich verflüchtigte.

„Na toll, wenn das das Zeichen ist, kann ich wieder zum Therapeuten gehen“, murmelte sie. Als Kind war sie jahrelang in Behandlung gewesen, weil sie damals glaubte, tote Menschen zu sehen. Sie wurde schlussendlich als geheilt entlassen, mit der Erklärung, dass es sich mit dem Beginn der Pubertät verwachsen hätte. So hieß es in dem damaligen Abschlussgespräch.

Heute schob sie es auf ihre überreizten Nerven und fuhr nach Hause.

„Mama, Mama“, wurde Anja von ihrem Sohn Max begrüßt. „Es war verkaufsoffener Sonntag! Schau mal, Tante Simone und ich waren in der Buchhandlung.“
Er schleppte sechs Bücher heran, die Anja ausgiebig bewunderte.

Simone schaute sie währenddessen mit fragendem Blick an.

„Wo ist Tim?“, fragte Anja Simone leise.

„Der war nur kurz da, sah mich und verschwand wieder“, antwortete Simone und zog dabei missbilligend eine Schnute.

„Jetzt erzähl mal. Wie war es?“, fragte Simone, nachdem Max mit dem Lesestoff in seinem Zimmer verschwunden war.

Anja holte ihr Handy hervor und zeigte ihrer Freundin die Bilder, die sie geschossen hatte. Dabei erzählte sie: „Es ist zauberhaft. Ruhig und abgeschieden. Platz ohne Ende und das Mühlenhaus riesengroß. Otto muss noch zu Lebzeiten teilweise renoviert haben. Es ist ein Glücksfall und löst mein Wohnungsproblem. Hausen ist in Singen eingemeindet und es ist nicht zu weit von der Schule der Kinder weg. Außerdem fahren bestimmt Busse. Max wünscht sich einen Hund, dort wäre es möglich“, sprudelte es aus

Anja hervor. Ihre Augen leuchteten begeistert, und ihr Gesicht war von einer zarten Röte überzogen. „Nur schade, dass ich es nicht von innen ansehen konnte. Aber Ottos letzter Wunsch an mich war, dieses Erbe anzunehmen. Ach ja, bevor ich es vergesse. Ich soll zum Kloster Beuron und mit seinem Beichtvater sprechen. Mir wäre es recht, wenn du mich fährst. Du weißt, ich bin bei längeren Autofahrten unsicher, und die Serpentinen in das Donautal haben es in sich.“ Anja schnappte nach Luft, da sie vor Begeisterung vergessen hatte zu atmen. „Ich nehme das Erbe an“, strahlte sie, griff nach Simone und tanzte mit ihr durch die Küche.

Simone wusste nicht, wie ihr geschah. So hatte sie Anja seit vielen Jahren nicht mehr erlebt. Es war, wie wenn die letzten schweren Jahre von ihr abgefallen wären. Außer Atem und mit Gelächter ließen sie sich auf den Boden fallen.

„Montag rufe ich Herrn Waldscheit an. Er soll alles so schnell wie möglich in die Wege leiten und sobald ich die Schlüssel für das Wohnhaus habe, fahren wir gemeinsam hin.“

Kapitel 6

Nach gefühlten unzähligen Tagen, mehren Unterschriften, Telefonaten und einem nochmaligen Termin beim Notar, war es endlich soweit.

Anja stand in ihrer Küche und warf die Schlüssel von einer Hand in die andere. Sie vibrierte vor Energie. Zwei Augenpaare blickten sie an. Tim saß lässig auf einem der Stühle und schaute gelangweilt in sein Handy, als ob ihn das Ganze nichts anzugehen schien. Max saß am anderen Ende des Tisches und Simone ihr gegenüber.

„Ich habe was zu verkünden!“, rief Anja in die Runde.

„Beeil dich, ich will mich nachher noch mit meinen Kollegen treffen“, maulte Tim.

Anja ließ sich nicht beirren und fuhr fort: „Wie ihr wisst, müssen wir aus der Wohnung ausziehen. Und zwar bald.“

„Ja, ja, weiß ich. Dann ziehen wir zu Papa“, trotzte Tim.

Simone schoss ihm einen bösen Blick zu und räusperte sich. „Wärst du so nett und würdest deine Mutter endlich ausreden lassen?“

Tim ignorierte sie und richtete seine Aufmerksamkeit wieder auf sein Handy.

Anja fuhr weiter fort: „Und es hat sich ein Glücksfall ergeben. Ich habe eine Mühle bei Hausen geerbt. Wir ziehen bald dorthin. Heute möchte ich mit euch hinfahren und euch alles zeigen. Endlich habe ich die Schlüssel, und wir können die Gebäude von innen ansehen.“ Sie hob die Hand und klapperte mit den Schlüsseln.

Ruckartig schoss Tim von seinem Stuhl hoch. Die Narbe an seinem Mund leuchtete feuerrot, sein Gesicht verzerrte sich zur Grimasse und er zischte: „Ohne mich.“ Er holte mit seiner Hand aus und fegte das Geschirr vom Tisch, so dass es in alle Richtungen flog und an Schränken und Fußboden zerschellte.

Anja hatte sich gerade noch rechtzeitig geduckt, um nicht getroffen zu werden. Sie richtete sich wieder auf und starrte ihren Sohn entsetzt an.

Max, der unter dem Tisch Zuflucht gesucht hatte, kroch darunter hervor und flüchtete in die Arme seiner Mutter. Seine Augenpartie zuckte unentwegt.

Tim stand an der Küchentür und schrie: „Du bist schuld.“ Er drehte sich um und rannte die Tür laut hinter sich zu knallend aus der Wohnung.

Simone, die das Geschehen aus sicherer Entfernung beobachtet hatte, fragte: „Woran bist du schuld?“

Anja seufzte tief und antwortete traurig: „In seinen Augen an allem. An der Trennung. Dass wir hier leben müssen und nicht in Jens ach so schönem Haus. An der Narbe an seinem Mund.“

„Halt, stopp. Was sagst du da? Es war doch ein Unfall. Du warst gar nicht mal dabei“, wandte Simone ein.

„Ich weiß nicht, wie er auf diese Idee kommt, aber ich habe so meine Vermutung, dass Jens dahinter steckt und die Tatsachen verdreht hat. An dem Tag war ich beim Friseur, und Jens hatte ausnahmsweise mal auf die Kinder aufgepasst.“

„Das weiß ich! Du musst das richtigstellen.“

„Habe ich versucht, aber er hört mir einfach nicht zu“, verteidigte sich Anja.

Max, der mit großen verschreckten Augen zugehört hatte, schlang seine Arme um Anja und fragte leise: „Fahren wir heute nicht mehr zu der Mühle?“

Zittrig strich Anja ihm über seine Wuschelhaare. „Doch natürlich. Wir räumen auf und dann gehen wir.“

In gedrückter Stimmung fuhren sie los. Am Straßenrand sahen sie Tim stehen, der wild gestikulierend telefonierte. Als er sie sah, winkte er. Sie hielten an. Anja hörte, wie er am Telefon sagte: „Ja, bye, ich melde mich später.“

Breit grinsend schlenderte er zum Auto. „Ich habe es mir überlegt und komme doch mit.“

Simone sah ihn misstrauisch an und zog eine Augenbraue hoch.

Anjas Gesicht hellte sich auf, sie strahlte. „Dann komm, steig hinten bei Max ein“. Sie sah nicht, wie sich ihr jüngster Sohn in die hinterste Ecke des

Autos drängte, um möglichst viel Platz zwischen sich und seinem Bruder zu schaffen.

Simone trommelte mit ihren Fingern auf das Lenkrad und beobachtete dabei im Rückspiegel, wie Tim umständlich versuchte, sich zu setzten. Ihr riss der Geduldsfaden, sie gab Gas und fuhr ruckartig an, Tim wurde in seinen Sitz geschleudert und Simone grinste in sich hinein.

„Da vorne links“, zeigte Anja ihr den Weg. Simone bog ab. Holpernd fuhren sie den Zufahrtsweg bis zu der Mühle.

Simone bekam große Augen. Ihr Mund klappte auf, als sie das Grundstück sah: „Wow, ist das riesig!“

„Habe ich dir doch auf den Bildern gezeigt“, antwortete Anja freudig.

„Auf den Fotos kam es nicht so rüber“, meinte Simone.

Sie stiegen aus, überquerten den Hof und näherten sich dem Haus. Anja schaute nach oben und stutzte. „Da ist jemand da. Ich habe am Fenster einen Schatten gesehen.“ Sie drückte die Klinke der Haustüre herunter. „Komisch verschlossen“, und murmelte vor sich hin: „Wahrscheinlich hat sich eine Wolke in der Scheibe gespiegelt.“

„Schau mal Mama, da steht eine Jahreszahl über dem Eingang“, sagte Max und zeigte mit dem Finger nach oben. „Anno 1894, ist das alt!“

Anja schloss auf und drückte die knarrende Tür auf. Vorsichtig und langsam betraten sie den großen dämmrigen Raum. Sie standen im ehemaligen Lagerraum, indem früher die Mehlsäcke gelagert wurden. Anja schnupperte. Es roch staubig, und sie meinte, eine Spur von Mehl zu riechen. Hohe unverputzte Wände mit Fenstern knapp unter der Decke ließen den Raum schummrig erscheinen. Eine breite Treppe mit gedrechseltem Geländer führte nach oben.

„Hier sollen wir wohnen?“, sagte Tim entsetzt. „Das ist eine Baustelle.“

„Jetzt warte erst einmal ab“, versuchte Anja ihren Ältesten zu beschwichtigen. „Lass uns hochgehen, vielleicht sieht es da besser aus“, machte sie sich selbst Hoffnung.

„Mama, schau, da sind Ähren eingeschnitzt“, bewunderte Max das Treppengeländer.

Zusammen stiegen sie nach oben. Dort öffnete sich ein weiter lichtdurchfluteter Raum. Vollständig eingerichtet. Anja schlug die Hände vor den Mund. Nur ihre Augen bewegten sich hin und her. Von Simone war ein Schnalzen zu hören, und Max rannte an die riesige mit Sprossen versetzte Fensterfront und schaute nach draußen auf den dahinfließenden Fluss.

Fassungslos vor Glück drehte sich Anja mit ausgebreitenden Armen einmal um sich selbst, um alles an Eindrücken aufzunehmen. Sie stoppte und jubelte: „Das glaube ich nicht. So eine Küche habe ich mir schon immer gewünscht.“ Anja rannte zu der Küchenzeile mit einer davorliegenden Kochinsel und strich zart über die graulackierten Küchenschränke.

„Und ein Spülbecken vor dem Fenster“, rief sie und schaute träumerisch aus dem Fenster.

Tim schrie: „Eine Ledercouch“, und ließ sich darauf fallen.

Simone klatschte in die Hände und rief: „Das ist ein Wunder! Wow Anja, alles ist so schön eingerichtet.“

Max hatte sich vor die bis zum Boden reichende Fensterfront auf die Holzdielen gelegt und lies sich von den Sonnenstrahlen, die durch das Glas schienen, streicheln.

Anja war überwältigt und setzte sich auf die Eckbank, die neben der Küchenzeile stand. „Einfach herrlich hier“, sagte sie mit Freudentränen in den Augen.

„Ich habe hier keinen Empfang“, war die maulige Stimme von Tim zu hören.

„Komm, wir schauen nach den Schlafräumen“, versuchte Anja die Stimmung zu retten und stand hastig auf.

An der Seite war ein offener Durchgang zum Flur, der zu den Schlafzimmern führte.

Zuerst besichtigten sie das Bad. Zwei Waschbecken, Badewanne und Dusche strahlten in modernem blau-weiß Design.

„Mensch Anja, eine begehbare Dusche. Davon träume ich schon lange“, bewunderte Simone das Badezimmer.

„Wo ist mein Zimmer?“, schnappte Tim von hinten.

„Das kommt darauf an, wie ihr euch einigt. So wie ich es auf dem Bauplan gesehen habe, ist das nächste Zimmer das Elternschlafzimmer. Auf diesem Stock gibt es noch ein Kinderzimmer und schau hier führt eine Treppe hoch. Dort oben ist das dritte Zimmer und der Speicher."

Tim schubste Max grob beiseite und schrie dabei: „Das oben ist meins", und rannte los. Mitten im Flur, kurz vor der Treppe schlug er der Länge nach hin. Wutentbrannt richtete er sich auf und geiferte: „Wer war das?"

„Was?", fragten Anja, Simone und Max zeitgleich.

„Jemand hat mich geschubst!"

„Das kann nicht sein. Schau du liegst dort, und wir stehen hier", argumentierte Simone.

„Doch, doch!"

„Jetzt spinn nicht", sagte Simone.

Anja kniff die Augen zusammen, weil sie glaubte, einen hellen wabernden Fleck zu sehen. Ein Geruch nach Veilchen zog durch ihre Nase.

„Riecht ihr das?", fragte sie.

Simone schnupperte: „Es riecht nach relativ frisch gestrichenen Wänden."

„Das meine ich nicht. Hier riecht es nach Veilchen." Sie zog ihre Nase kraus und schnupperte nochmals. „Und ein leichter Geruch nach Tabak."

Tim rappelte sich auf und lief vorsichtig, nach allen Seiten schauend den Flur entlang bis er an der Treppe ankam. „Kann ich das Zimmer oben haben?"

Anja schaute Max an. Der zuckte nur gleichgültig mit seinen Achseln und sagte: „Mir egal."

Nachdem sie alle Zimmer inspiziert hatten, gingen sie nach draußen.

„Das Haus ist so gut wie fertig. Nur die Schlafzimmer sind es nicht. Ich habe kein Geld, um sie richten zu lassen", sagte Anja traurig. „Was soll ich nur machen? Wir müssten alle zusammen im Wohnraum schlafen."

„Tja, das wird einiges kosten. Es sind nicht nur die unverputzten Wände, wo das rohe Mauerwerk zu sehen ist, sondern der Fußboden und die Elektrik sind auch zu machen", zählte Simone auf.

„Wir sind am Fluss", rief Tim und zog Max mit sich, der widerwillig mitkam.

Anja und Simone schlenderten zum kleinen Mühlenhaus. „Idyllisch hier", sagte Simone und betrat das kleine Häuschen. Überrascht blieb sie stehen und rief: „Ideal für dich als Malatelier." Helle Sonnenstrahlen brachen sich durch die vielen Fenster.

„Du hast recht, es wäre optimal vom Licht her. Komm, wir gehen noch zur Scheune, dann haben wir alles gesehen", sagte Anja. Sie drehte sich um und verließ den Raum. Alle Energie hatte sie verlassen. Die finanzielle Bürde drückte ihre Schultern herunter. So schön es hier war, aber sie hatte nicht genügend Geld, um sich hier ein Zuhause einzurichten, dachte sie verzweifelt.

An der Scheune angekommen stellte Simone fest: „Für eine Scheune recht groß." Sie umrundete das rechteckige langgezogene Gebäude.

Als sie wieder vorne bei Anja ankam, sagte sie zu ihr: „Gib mir die Schlüssel. Ich möchte mir das Innenleben anschauen.“

Simone war eine Zeitlang in der Scheune. Anja hörte plötzlich ein Poltern und neugierig geworden folgte sie ihr. Sie sah, wie ihre Freundin versuchte, ein paar Holzbalken beiseitezuschieben.

„Ich helfe dir“, sagte Anja und schweigend räumten sie gemeinsam das Holz beiseite. Staub flirrte in der Luft und durch die verdreckten mit Spinnenweben übersäten Fenster schien trüb die Sonne herein. Im Raum waren nur das Poltern und die angestrengten Atemgeräusche der beiden zu hören.

„So, jetzt komme ich endlich ran“, sagte Simone und versuchte, die Tür zu öffnen, die halb hinter dem Holz versteckt gewesen war. Vergeblich.

„Kein Türschloss, die verdammte Tür muss sich doch öffnen lassen.“ Simone zog und zerrte, schlussendlich schlug sie mit ihrem Fuß gegen das Holz. Die Tür flog krachend auf. Beide Köpfe linsten in den dahinter liegenden Raum hinein.

Tiefes Schwarz schlug ihnen entgegen. Vorsichtig streckte Simone ihren Arm aus und tastete innen an der Wand entlang. Anja hörte ein Klacken. Eine einzelne Birne sendete flackerndes Licht in den Raum, der vollkommen leer war. Holzbalken stützten die Decke. Der Boden war ausgelegt mit rohen Bohlen.

Simone inspizierte den Raum. In jede Ecke schaute sie, klopfte gegen die Wände und sah zu der Decke hinauf.

„Was hast du vor?“, fragte Anja sie.

„Moment, lass mich überlegen. Hier muss es eine Dachluke nach oben geben.“ Suchend begab sie sich in den vorderen Raum und schleppte eine Leiter heran. Sie stieg die Sprossen hoch und untersuchte die Decke genauer. „Ah, hier!“ Simone kratzte über ihren Kopf an der Decke und zog dann an einem Ring, der unter dem Kalk, der hinunterrieselte, zum Vorschein kam.

Krachend flog die Falltüre auf. Simone stemmte sich hoch und weg war sie. Anja hörte nur noch ihre Schritte über sich. Nach einer Weile zeigte sich der rote Lockenschopf von Simone in dem Deckenloch. Sie rief: „Anja komm hoch! Schau dir das an!“ Ihre Augen leuchteten.

Neugierig geworden, was ihre Freundin meinte, kletterte Anja die Leiter hinauf und steckte ihren Kopf durch die Luke. Sie sah Simone vor sich hin murmelnd den Raum abschreiten. „Sag mal, was machst du da eigentlich? Und was begeistert dich so? Ich sehe hier nur einen vollkommen leeren Dachboden, der nicht mal isoliert ist“, ihr Blick richtete sich auf die rohen Dachziegel.

„Jetzt komm doch endlich ganz hoch!“, rief Simone.

Als Anja umständlich durch die Luke hindurch geklettert war und bei Simone ankam, nahm diese ihre Hände, drückte sie und bat: „Hör mir einfach zu und lass mich bitte aussprechen.“

Anja nickte.

„Dieses Anwesen ist perfekt. Für dich und für mich."

Verwundert sah Anja sie an. „Wie meinst du das?"

„Wie du weißt, läuft meine Goldschmiede hervorragend, dadurch habe ich mir einiges ansparen können. Mir geht der Platz in der jetzigen Goldschmiede aus. Zudem ist das Hin- und Herfahren von meiner Wohnung zur Werkstatt immer zeitaufwändig. Nachdem ich das hier gesehen habe, kam mir eine Idee. Wie wäre es, wenn ich die Scheune umbauen lasse? Platz ist genug hier. Ich könnte hier wohnen und arbeiten. Ich zahle die Umbauarbeiten für die Scheune und die Kinderzimmer und dafür wohne ich hier kostenlos. Die Größe ist perfekt. Der Dachboden und der untere hintere Raum werden meine Wohnung und unten in den vorderen Teil kommt die Werkstatt rein. Ich sehe es schon vor mir." Begeistert strahlte Simone Anja an und fügte hinzu: „Und dein finanzielles Problem wäre gelöst. Na was meinst du dazu?"

Anja überlegte kurz und sagte dann: „Abgemacht."

„Was?", ungläubig schaute Simone Anja an. „Ohne Wenn und Aber?"

„Ja, ohne Wenn und Aber."

Stürmisch umarmte Simone Anja und rief: „Du wirst sehen, das wird toll! Komm, lass uns planen." Im einträchtigen Einvernehmen schlenderten sie aus Scheune und setzten sich unter die Linde.

Simone holte aus ihrer Handtasche Notizblock und Stift hervor.

„Was du alles dabei hast“, staunte Anja.

„Habe ich immer bei mir. Falls ich Ideen für Schmuck habe. So kann ich diese gleich skizzieren und vergesse sie nicht“, sie klopfte mit der flachen Hand auf den Block. „Also ich brauche einen Architekten. Der Umbau der Scheune ist aufwändig.“

Anja saß neben ihr und beobachtete ihre Freundin, wie sie schrieb und schrieb. Der Stift huschte über die Blätter, dabei wurde das Notizbuch voller und voller. Anja hatte ihr das Kommando gerne überlassen, da sie wusste, dass Simone im Organisieren ein Ass war.

Nach geraumer Zeit legte Simone den Stift weg und klappte das Notizbuch zu. „So das Wichtigste habe ich aufgeschrieben. Du sag mal, welche Firma hatte Otto für den Umbau beauftragt?“

„Hm, keine Ahnung.“ Anja überlegte. „Ich schaue in den Unterlagen nach.“ Während sie dies sagte, beobachtete sie eine Amsel, die auf der Wiese einen Regenwurm aus dem Boden zog. Eine wohltuende Stille breitete sich aus, die plötzlich von einem Schrei unterbrochen wurde.

Anja sprang auf, weil sie die Stimme ihres Sohnes Max erkannt hatte und rannte, gefolgt von Simone zum Fluss. Am Ufer angekommen sah sie ihren Jüngsten klatschnass im Wasser sitzen. Erleichtert atmete sie auf und fragte: „Was ist hier los?“

Mit einem hämischen Grinsen antwortete Tim: „Max ist gestolpert und dann hinein gefallen.“

Simone schaute misstrauisch von einem Jungen zum anderen und fragte: „War das so Max?“

„J…, Ja“, stotterte Max, zwinkerte und schaute weg.

Anja half ihm auf und sagte zu Simone: „Gib mir bitte die Autoschlüssel. Ich habe in deinem Wagen eine Decke gesehen. Er muss raus aus den nassen Klamotten. Der Fluss ist kalt.“ Sie rannte mit Max zu Simones Auto.

Simone und Tim blieben allein beim Ufer.

„Ich weiß, dass du das warst“, sagte Simone. Sie stemmte ihre Arme in die Hüfte und starrte Tim intensiv in die Augen.

„Und, was willst du machen?“, antwortete Tim frech und zuckte dabei mit den Schultern. Er drehte ihr den Rücken zu und ließ Simone einfach stehen.

„Na warte Bürschchen, auch du wirst irgendwann deine Lektion bekommen“, raunte Simone wütend vor sich hin und folgte ihm.

Sie saßen im Auto. Max war in die Decke gehüllt. Simone war gerade angefahren, da rief Tim plötzlich: „Halt stopp, ich habe mein Handy im Haus vergessen.“ Simone bremste scharf. Er riss die Autotür auf, bat seine Mutter um die Schlüssel, sprang aus dem Auto und rannte Richtung Mühlenhaus.

„Was braucht der denn so lange?“, fragte Simone nach zehn Minuten. „Es kann doch nicht so schwer sein ....“ In dem Moment humpelte Tim mit schmerzverzerrtem Gesicht aus dem Haus.

Anja schlug vor Entsetzten die Hand vor den Mund und rannte zu ihrem Sohn. „Was ist passiert?“, fragte sie besorgt.

„Diese verdammte Treppe, ich war schon fast unten, da bin ich gestolpert, die restlichen drei Stufen heruntergefallen und dabei umgeknickt“. Er hielt sich jammernd den Fußknöchel.

Anja stützte ihren Sohn bis zum Auto und half ihm, einzusteigen. „Simone fahr uns zum Krankenhaus. Das muss geröntgt werden und danach fährst du mit Max nach Hause. Ich rufe an, wenn du uns abholen kannst.“

Nach mehreren Stunden holte Simone die beiden ab. Tim stützte sich schwer auf seine Krücken und hatte eine Bandage um seinen Fuß. „Und?“, fragte Simone.

„Gott sei Dank nur eine Verstauchung. Tim muss seinen Fuß schonen und regelmäßig kühlen. Es wird ein paar Tage dauern, bis er wieder auftreten kann. Die nächsten Wochen hat er Sportverbot“, sagte Anja und half Tim, der ungewöhnlich still war, in das Auto zu steigen.

Simone schaute über den Rückspiegel in Tims Augen und sagte: „Die Strafe folgte auf den Fuß.“

Anja sah Simone verständnislos an und fragte: „Wie meinst du das?“

„Nur so, ist mir spontan eingefallen“, und grinste.

Kapitel 7

Zwei nervenaufreibende Tage später, in denen Anja mit Arbeiten und der Pflege von Tim beschäftigt war, der die ganze Zeit unleidig in seinem Zimmer hockte, rief Anja Simone an. „Ich bin endlich dazu kommen und habe in den Unterlagen nachgesehen. Otto hatte einen Rudolf Bauer für den Umbau beauftragt. Was denkst du? Sollen wir mal mit ihm reden?“

„Das ist gut. Der kennt sich sicher mit dem Mühlenanwesen aus. Mach einen Termin aus, dann besprechen wir es mit ihm.“

An Anjas nächstem freien Tag fuhren sie gemeinsam zur Mühle, um sich mit Herrn Bauer zu treffen.

Ein weißer Lieferwagen, mit dem Schriftzug *Bauer baut für Haus und Garten*, stand auf dem Hof und ein großer, breiter Mann mit rundem Gesicht und stahlgrauen Bürstenhaarschnitt lehnte daran. Die Hände in den Hosentaschen blickte er ihnen entgegen. Simone parkte und nachdem sie ausgestiegen waren, liefen sie auf ihn zu. Er streckte ihnen zur Begrüßung seine große Hand entgegen. Anjas schmale Hand verschwand förmlich darin, und er drückte so fest zu, dass Anja innerlich aufstöhnte.

Ein dröhnendes Organ schallte ihnen lautstark entgegen: „Bauer mein Name und Sie sind?“

Anja und Simone stellten sich vor. „Und wer ist meine voraussichtliche Auftraggeberin?“

„Das wäre dann ich, falls wir uns einig werden“, stellte Simone klar.

Sie liefen gemeinsam zum Wohnhaus, und Herr Bauer erzählte: „Es war ja noch die Fertigstellung der Schlafräume geplant. Das Material hatte ich schon zum Teil anliefern lassen. Aber dann ist Herr Murghoff bedauerlicherweise verstorben. Ich weiß nicht, ob sie wissen .... Otto war ein guter Freund von mir und bevor er krank wurde, war er oft auf der Baustelle. Wir haben gemeinsam das eine oder andere Gläschen Wein getrunken und über Gott und die Welt debattiert.“

„Davon stand gar nichts in dem Brief“, rutschte es Anja heraus.

„Ah, er hat Ihnen einen Brief geschrieben?“, er schaute Anja mit seinen kleinen listigen Augen an.

Im unteren Eingangsbereich angekommen zeigte er auf das Material und sagte: „Das eine oder andere müsste noch geliefert werden. Was hier liegt, wurde schon bezahlt.“

„Was meinen Sie, wie lange Sie für die Fertigstellung der Räume oben brauchen?“, fragte Anja ihn.

Er überlegte kurz und antwortete: „Circa drei bis vier Wochen.“

Freudig schaute Anja Simone an. „Das wäre prima. Wir könnten schon bald einziehen.“

Nachdem sie das obere Stockwerk besichtigt hatten, besprachen sie noch einige Details.

„Soweit ich mich erinnere, sprachen Sie am Telefon auch vom Umbau der Scheune“, hakte Herr Bauer nach.

„Ja genau“, antwortete Anja.

Simone und Herr Bauer gingen auf die Scheune zu und besprachen sich dort. Zum Schluss waren sie sich einig. Herr Bauer würde anrufen, sobald er den Kostenvorschlag für den gesamten Auftrag zusammen gestellt hätte.

Als er zurück zu seinem Lieferwagen ging, sah Anja, wie er sich freudig die Hände rieb, und bemerkte: „Der freut sich über deinen Großauftrag.“ Da fiel ihr etwas ein und sie rannte zu ihm hin. „Herr Bauer, ich habe noch eine Frage?“

„Worum geht es?“

„Es hat nichts mit dem Umbau zu tun. Kommen Sie hier aus der Gegend?“

„Ja, schon meine Vorfahren lebten hier in Hausen an der Aach.“

„Dann kennen Sie die ältere Frau, die in dem kleinen Häuschen am Anfang des Zufahrtswegs lebt?“

„Sie meinen die Ruth. Die ist schon an die 90 Jahre alt.“

„Wow, so alt. Wie ich aus den Unterlagen ersehen habe, hat sie auf Lebzeit das Recht, in dem Häuschen zu wohnen, obwohl es zum Anwesen gehört.“

„Seit ich auf der Welt bin, lebt die Ruth darin. Manche behaupten, sie sei nicht ganz richtig im Kopf. Andere meinen, sie sei eine Hexe. Die legt Karten oder sowas. Es geht das Gerücht rum, sie würde von den Fahrenden abstammen."

„Fahrende, was ist das?"

„Zigeuner halt."

„Ah oh, ich sollte mich wohl als neue Nachbarin bei ihr vorstellen, sobald ich Zeit habe."

„Ja machen Sie das. Die tut keiner Fliege was zuleide."

„Den Eindruck hatte ich auch. Ich sah sie neulich auf ihrer Bank sitzen. Vielen Dank."

Er stieg in seinen Wagen und brauste davon.

Anja lief zu Simone zurück und hakte sich bei ihr unter. „Komm, lass uns nochmal in das Haus gehen. Ich hatte keine Zeit, mich genau umzusehen."

Kaum oben angekommen, rief Anja begeistert:„Schau mal Simone, hier hängt ein altes Bild. Darunter steht Murghoff Mühle Hedwig und Paul 1900. Ich glaube, das sind meine Vorfahren, die die Mühle gebaut haben", rief Anja begeistert. Sie lief mit dem Bild in der Hand zu Simone, die an der großen Fensterfront stand und auf die Aach schaute.

Beide betrachten das Bild.

„Sieh dir die Kleidung an. Bin ich froh, dass wir heute sowas nicht mehr tragen müssen", sagte Anja lachend.

Auf dem Bild waren ein Mann und eine Frau zu sehen, die steif und ernst vor der Mühle standen. Er hatte einen Frack an, einen Zylinder auf dem Kopf und in seiner Hand hielt er einen Gehstock. Die Frau mit auffallenden hellen Haaren stand mit einem engen

Kleid und einem Spitzen besetzten Hut auf dem Kopf neben ihm.

„Ist dir aufgefallen, dass die Mühle auch Murghoff heißt?“, fragte Simone.

„Ja, sie haben die Mühle nach sich benannt. Finde ich schön. Die Murghoff Mühle vom Hegau.“

Simone setzte sich ihre Brille auf, um die Fotografie genauer zu betrachten. Sie beugte ihren roten Schopf darüber, bis ihre Nasenspitze fast das Bild berührte. „Moment mal“, sie nahm das Foto aus Anjas Hand, um es am Fenster bei besserem Licht anzusehen. Sie rief aufgeregt: „Sieh mal, Hedwig trägt den Ring, der an deiner Kette hängt, und Paul hat denselben an seinem Ringfinger.“

Anja schaute Simone verdattert an. Sie flüsterte, während ihre Hand zu ihrem Ring an der Kette griff: „Es gab zwei davon.“

„Ja, es gab zwei Ringe“, bestätigte Simone.

„Und wo ist der zweite Ring abgeblieben?“, fragte Anja.

„Woher soll ich das wissen. Vielleicht hat er ihn verloren.“

„Oder Hedwig ihren!“

Anja hob ihre Nase, weil der Veilchenduft, den sie neulich hier im Haus gerochen hatte, durch ihre Nase kroch. „Riechst du das?“

„Nö“, Simone hielt ihre Nase schnuppernd nach oben.

„Der Veilchenduft!“

„Ich rieche nichts, aber meine Nase ist auch leicht zu.“

Anja spürte einen eiskalten Windhauch an ihren Beinen, der langsam ihren Körper hochkroch. Schaudernd zog sie ihre Schultern zusammen, trat einen Schritt beiseite und sagte: „Du Simone, ich fühle mich unwohl hier. Lass uns gehen."

„Wie du meinst", antwortete Simone und legte das Bild achtlos auf den Tisch.

Ein paar Tage später klingelte Anjas Telefon. „Ja, Schneider hier."

„Guten Tag Frau Schneider, Bauer am Apparat. Ich habe den Kostenvoranschlag für die Renovierung der Schlafzimmer und der Scheune. Kommen Sie doch die nächsten Tage vorbei. Am besten vormittags, da bin ich immer im Büro."

„Sehr gut, ich gebe meiner Freundin Bescheid. Wiederhören." Anja legte auf und schrieb ihrer Freundin eine Nachricht.

Perfekt, dachte sie, ich habe Spätschicht.

Am nächsten Morgen saßen Anja und Simone im Büro von Herrn Bauer. Er schob ihnen den Kostenvoranschlag zu und erklärte ihnen die Details zu den Kosten des Architekten, des Bauleiters und vieles mehr.

Simone war erstaunt. Sie hatte gedacht, dass es teurer werden würde, und unterschrieb, nachdem sie das Kleingedruckte gelesen hatte, den Vorvertrag.

Herr Bauer verließ das Büro, um Kopien von allen Papieren zu fertigen. Um die Wartezeit zu überbrücken, stand Anja auf und betrachtete die Fotografien, die an den Wänden hingen. Vor einem sepiafarbenen Bild blieb sie stehen und beäugte es genauer. Eine Frau mit ihrem Mann, der hinter ihr stand, schauten ihr entgegen. Anja trat einen Schritt näher, weil ihr etwas aufgefallen war. In diesem Moment betrat Herr Bauer wieder sein Büro und überreichte Simone die Papiere. „Ah, meine Vorfahren", sagte er, als er Anja vor dem Bild stehen sah. „Meine Ahnen haben die Baufirma gegründet." Er trat Anja so nahe, dass sie automatisch von ihm abrückte.

„Morgen lasse ich den ersten Teil vom Material liefern, welches ich noch im Lager habe. Wir können diese Woche beginnen. Bald können Sie einziehen Frau Schneider." Dann sah er von Anja zu Simone. „Frau Winkler bei ihnen wird es länger dauern. Die Arbeiten sind sehr aufwändig, zudem muss der Plan vom Architekten von Ihnen noch genehmigt werden." Er reichte Simone und Anja die Hand und drückte wieder so fest zu, dass Anja ein Stöhnen entwich.

Beim Rausgehen rieb sie sich die schmerzende Hand.

Sie saßen im Auto, als Simone sagte: „Irgendwie ist der komisch, aber der Preis ist unschlagbar. Ich hatte Erkundigungen eingezogen, was der Umbau so ungefähr kosten könnte, und er lag weit darunter. Hoffentlich erwarten uns nicht irgendwelche unangenehmen Überraschungen. Ich werde den Vorvertrag jedenfalls prüfen lassen. Übrigens während du die Bilder angeguckt hast, habe ich auf seinem Schreibtisch einen Plan der Mühle gesehen. Was an sich okay ist, da er ja schon für Otto Murghoff gearbeitet hatte. Komisch fand ich nur, dass auf dem Plan lauter Kreuze eingezeichnet waren. Ich habe es mit dem Handy abfotografiert. Schau!" Simone öffnete eine App in ihrem Handy und zeigte Anja das Foto. Darauf waren an verschiedenen Stellen des Mühlenanwesens Kreuze zu sehen: Im Keller, an der Hauswand, bei der Scheune, am und im kleinen Mühlenhaus und selbst beim Mühlrad.

„Vielleicht gibt es dafür eine ganz einfache Erklärung", meinte Anja dazu.

„Welche denn?", fragte Simone nach.

Anja zog ein ratloses Gesicht. „Keine Ahnung. Wir kennen uns mit Plänen nicht aus", und tat die Sache damit ab.

Kapitel 8

Anja war gespannt wie ein Flitzebogen. Sie konnte es kaum erwarten, bis der Umbau begann und sie bald einziehen konnte. Deshalb fuhr sie zur Mühle, um mit anzusehen, wie die Bauarbeiten losgingen. Sie stieg in ihren Renault und der Motor erwachte stotternd zum Leben. Bitte, bitte halte noch einige Zeit durch, betete sie in Gedanken zu ihrem Auto.

Sie fuhr auf den Hof und sah einen Lastwagen stehen. Mehrere Arbeiter luden Material ab. Ihr Herz hüpfte vor Freude. Endlich ging es los. Freudig stieg sie aus, lief in großen Schritten zum Wohnhaus hinüber und ging hinein. Sie ergriff das Treppengeländer, um die Stufen hochzugehen, da sah sie, wie Herr Bauer unter dem Treppenraum hervorkam. Sie stoppte verwundert und fragte: „Wo kommen Sie denn her?“, und schaute unter die Treppe, wo sie eine schmale geöffnete Tür sah.

„Das ist der Zugang zum Keller“, antwortete Herr Bauer.

Neugierig machte sie einen Schritt darauf zu, doch sie wurde von Bauers Arm daran gehindert. „Ich glaube nicht, dass der Keller etwas für Sie ist.“

Anja schaute ihn mit großen Augen an.

„Da unten ist es gefährlich und voller loser Kabel, da die Elektrik für die Scheune installiert wird.“

Anja hörte das Wort „gefährlich", zuckte zurück und murmelte: „Da könnten Sie recht haben." Sie wechselte das Thema. „Es geht bald los, nicht wahr?", und zeigte mit ihrem Kopf in Richtung der Arbeiter, die Rigipsplatten in den Mühlenlagerraum schleppten.

„Ich empfehle Ihnen, kommen Sie in drei Tagen wieder her, dann werden Sie feststellen, wie die Renovierung der Zimmer voranschreitet. Im Moment gibt es nicht viel zu sehen", wimmelte Herr Bauer Anja ab.

„Na gut", murmelte Anja enttäuscht und trollte sich.

Ein paar Tage später fuhren Anja und Simone zur Mühle, um die Fortschritte zu begutachten.

„Kannst du nicht mal stillsitzen?", fragte Simone gereizt.

Verständnislos schaute Anja ihre Freundin von der Seite an. „Wieso?"

„Weil du dich ständig bewegst. Erst öffnest du den Reißverschluss deiner Jacke, dann ziehst du ihn wieder zu. Mal machst du die Haare nach vorne, dann wieder zurück und zu guter Letzt, kramst du in deiner Handtasche, holst aber nichts heraus. Das macht mich verrückt", sagte Simone genervt.

„Ich bin total aufgeregt. Was meinst du, wie weit die schon sind?"

„Keine Ahnung, aber du wirst es gleich sehen, wir sind fast da."

Kaum hatte Simone ihr Auto geparkt, öffnete Anja die Beifahrertür. Sie sprang heraus und rannte mit ihren langen Beinen in riesigen Schritten zu dem Mühlenwohnhaus.

„Warte auf mich“, schrie Simone Anja hinterher. Als Simone Anja endlich eingeholt hatte, moserte sie außer Atem: „Du hättest wenigstens auf mich warten können.“

Anja sprang von einem Bein auf das andere und sagte: „Beeil dich!“, und rannte die Treppe hinauf. Kopfschüttelnd folgte ihr Simone.

Sie inspizierten die Schlafzimmer. Anja schaute sich um und sagte verwundert: „Komisch keiner da. Das ist eigenartig. Sie haben nicht einmal angefangen.“

„Ich rufe an und frage, was los ist“, sagte Simone und lief mit ihrem Smartphone nach draußen, um besseren Empfang zu haben.

Anja blieb im Wohnraum zurück und stellte sich ans Fenster. Sie war so enttäuscht. Die letzten Tage hatte sie darauf hingefiebert, den Fortschritt der Bauarbeiten zu begutachten und vielleicht schon einen Termin für den Umzug auszumachen. Mit dem neuen Eigentümer ihrer Mietwohnung hatte sie abgesprochen, kurzfristig ausziehen zu können. Morgen wollte sie mit dem Ausmisten beginnen. Sie schluckte schwer und ihr Blick, der nach draußen auf den Fluss Aach und das Mühlenrad, welches gemächlich seine Runden drehte, gerichtet war, verschwamm vor ihren Augen. Sanft strich sie sich eine Träne weg, die langsam ihre Wange hinunter kullerte.

Sie blinzelte. Weit unten am Auto sah sie Simone, die wild gestikulierend auf und ab lief. Ihre Miene hatte etwas Wütendes an sich. Oh je, das sind keine guten Nachrichten, dachte Anja.

Ein paar Minuten später hörte sie die Schritte ihrer Freundin, die die Treppe hochkam. Kaum betrat Simone den Wohnraum, sah Anja in ihrem Gesicht, dass es keine guten Nachrichten gab. Sie wartete aber erst einmal ab.

„Du glaubst es nicht. Der Bauer hatte einen Notfall. Er musste bei einem befreundeten Kollegen einspringen, dessen Baustelle bald fertig werden muss. Ich habe ihn darauf angesprochen, dass ein zeitliches Limit im Vertrag steht und Strafe fällig wird, wenn er dieses überschreitet. Er meinte, wir müssten uns keine Sorgen machen. Den Fertigbau deiner Räume würde er im abgemachten Zeitraum hinbekommen. Ich habe ihn festgenagelt. Er hat mir versprochen, in vier Wochen könntest du einziehen." Außer Atem setzte sich Simone an den Tisch.

„Dein Wort in Gottes Ohr", sagte Anja. Sie hatte ein mulmiges Gefühl im Bauch, beachtete es aber nicht weiter und redete sich gut zu, dass es bestimmt rechtzeitig fertig werden würde.

Kapitel 9

Es war kinderfreies Wochenende. Jens hatte die Jungs am Samstagmorgen geholt, während sie arbeitete. Max war mitgegangen, da Jens versprochen hatte mit ihnen in einen Film zu gehen, der Max interessierte.

Anja war beruhigt. Ihr Jüngster schrieb zwischendurch Nachrichten, dass alles okay sei. Sie wendete sich ihrem Kleiderschrank zu, den sie sich mit Max teilte. Es hat sein Gutes umzuziehen, man sortiert aus, dachte Anja und legte von Max zu klein gewordene Hosen in den Altkleidersack. Ihre Gedanken wanderten zur Mühle. Hoffentlich klappt alles problemlos mit dem Umzug. Simone hatte den Umzugswagen organisiert. Ein warmes Gefühl der Vorfreude durchflutete ihren Körper. Das Bild des Mühlenanwesens stieg vor ihrem inneren Auge auf, und sie blieb träumerisch stehen. Endlich ankommen, so hoffte sie.

Am Abend wartete sie auf ihre Kinder. Anja saß in ihrer Küche und las den Brief von Otto nochmals durch. Dann rief sie ihre Freundin an. Nach einem kurzen Austausch über den Fortschritt der Arbeiten an der Mühle, sprach Anja sie wegen der Fahrt nach Beuron an.

„Du, ich habe den Brief von Otto nochmal gelesen. Es ist mir fast durch die Maschen gerutscht, aber es steht ja noch die Fahrt nach Beuron aus. Nächste Woche habe ich Freitag frei. Wie sieht es denn da bei dir aus?“

„Moment, ich schaue in meinem Terminkalender nach.“ Anja hörte Papier rascheln.

„Ja passt gut. Da stehen keine anderen Termine an. Ich bin mit meiner Arbeit ganz schön ausgelastet und zusätzlich mit den Terminen für den Umbau der Scheune. Ich bin froh, wenn ich eingezogen bin, das alles hinter mir habe und mich wieder mehr auf die Arbeit konzentrieren kann.“

„Wem sagst du das. Die Ungeduld hat mich fest im Griff“, antwortete Anja und hörte Simone lachen. „Du, ich muss auflegen. Jens fährt grade auf den Parkplatz und bringt die Kinder zurück“, sagte Anja und legte auf.

Sie stand an ihrem Küchenfenster und beobachtete wie ihr Ex, Max und Tim aus dem schwarzen Audi SUV stiegen. Anja wunderte sich. Sie sah, dass Jens seinen Arm um Tim und Max legte und die drei einträchtig auf den Wohnblock zu steuerten. Ein Lichtstrahl der untergehenden Sonne spiegelte sich im Glas seiner protzigen Armbanduhr.

Sie lief zur Eingangstür ihrer Wohnung, um sie zu begrüßen, und sah, wie Max sich aus dem Arm seines Vaters heraus zog. Strahlend sagte er: „Mama, wir waren mit Papa bei der Mühle. Er findet es toll und freut sich für uns. Der Herr Bauer war auch da, und Papa hat lange mit ihm gesprochen“, dann verschwand er in seinem Zimmer. Tim schlenderte an ihr vorbei und sagte nur: „Hallo Ma."

Anja schaute ihren Kindern verdutzt hinterher, wendete sich Jens zu und sah ihm forschend ins Gesicht. Ein misstrauischer Stich zuckte durch ihren Magen. Sie gab sich innerlich einen Ruck und sagte: „Sowas, ihr wart bei der Mühle, und du hattest ein langes Gespräch mit Herrn Bauer?"

„Ja, Max und Tim haben mir erzählt, dass du geerbt hast. Herzlichen Glückwunsch! Das Grundstück ist einiges wert."

„Na und, das interessiert mich nicht", schnappte Anja.

„Das sollte es aber."

„Wie soll ich das verstehen?", fragte Anja alarmiert.

„Wir sind immer noch verheiratet. Das heißt, was deins ist, ist auch meins", sagte Jens und sein Mund verzog sich zu einem breiten Grinsen.

„Wir sind getrennt", stotterte Anja.

„Aber nicht geschieden. Ich schlage vor, das Anwesen einreißen zu lassen, um Häuser darauf zu bauen, die Lage ist exzellent. Ich sehe es schon vor mir. Wohnen in der Natur!", er schaute sie mit seinen eisblauen Augen an. Ein Kälteschauer durchlief Anja von Kopf bis Fuß, ihre Hände und ihre Oberlippe zitterten unkontrolliert.

„Nur wenn mein Kadaver zwei Meter tief liegt", schrie sie und schlug Jens die Tür vor der Nase zu.

Zitternd lehnte Anja sich an die geschlossene Haustür und rutschte langsam herunter, bis sie auf dem Boden in der Hocke saß. Sie schlug die Hände vor ihr Gesicht und weinte bitterlich. Ihre Gedanken überschlugen sich. Das darf doch nicht wahr sein. Das kann nicht sein. Wir sind getrennt! Hat er recht damit? Was ist, wenn es so ist? Sie wurde wütend. Ich wehre mich! Er bekommt es nicht! Ich lasse mir die Mühle nicht wegnehmen! Ich lasse mir nicht schon wieder von Jens mein Leben zerstören, schrie ihre Stimme im Kopf. Die Wut, die in ihrem Inneren brodelte, gab ihr einen Schub. Sie sprang auf und wühlte in den Unterlagen nach der Telefonnummer von Stefan Waldscheit. „Er ist Notar und dazu Rechtsanwalt. Vielleicht kann er mir helfen“, murmelte sie.

Sie wählte die Nummer. Es tutete. Kurz darauf sprang der Anrufbeantworter an und ihr fiel ein: Mist heute ist Sonntag!

Nach der Ansage sprach sie: „Herr Waldscheit, hier Anja Schneider, es geht um das Grundstück Murghoff Mühle von Otto. Ich brauche dringend Ihren fachlichen Rat. Rufen Sie mich bitte umgehend zurück. Morgen bin ich von acht bis dreizehn Uhr erreichbar. Vielen Dank“, erleichtert legte sie auf.

Ihre wurde leicht und sie fühlte sich schon besser. Sie würde sich wehren. Das erste Mal würde sie sich nicht alles gefallen lassen.

Ausgepowert von dem Adrenalinstoß und der ganzen Aufregung legte sie sich schlafen.

Am nächsten Morgen gleich um acht Uhr klingelte ihr Telefon.

„Stefan Waldscheit hier. Sie brauchen meine Hilfe? Um was handelt es sich?“

„Mein Ex meinte, da wir nicht geschieden seien, hätte er Anspruch auf mein Erbe. Stimmt das?“

„Oha, da irrt er gewaltig. Ererbtes Vermögen fällt beim Zugewinnausgleich in das Anfangsvermögen und ist somit raus aus dem Zugewinn. Sie haben nichts zu befürchten. Wo es sich bemerkbar machen würde, ist, wenn er Ihnen Unterhalt bezahlt.“

Anja schüttelte den Kopf und sagte: „Nein, nur für die Kinder“, und atmete hörbar erleichtert auf.

„Darf ich Ihnen ein paar Fragen stellen?“

Anja wunderte sich, bejahte aber.

„Wie lange sind Sie getrennt?“

„Zwei Jahre.“

„Haben Sie jemals Unterhalt von ihrem Exmann für sich bekommen?“

Anja verneinte.

„Haben Sie in den zusammen gelebten Ehejahren gearbeitet?“

Anja verneinte wieder und fragte: „Worauf wollen Sie hinaus?“

„Hat Ihr Exmann irgendwelchen Zugewinn in der Ehe gehabt? Wie zum Beispiel ein Haus gebaut?“

Anja bejahte.

„Frau Schneider, waren Sie jemals bei einem Rechtsanwalt vor oder nach Ihrer Trennung?“

„Nein, Herr Waldscheit, warum wollen Sie das alles wissen?“, antwortete Anja inzwischen leicht genervt.

„Ich rate Ihnen dringend, sich rechtlichen Beistand zu suchen, weil ich den Verdacht habe, dass Ihr Exmann Sie finanziell übervorteilt. Das Gesetz besagt, dass Ihnen aus dem Vermögenszuwachs in der Ehe ein Teil zusteht.“

„Aber ich habe nie mitgearbeitet. Außerdem hat mein Ex gemeint, mir würde nichts zustehen, weil es mein Wunsch war, mich zu trennen.“

„Entschuldigen Sie, ich möchte Ihnen nicht zu nahe treten, aber so wie es aussieht, hat ihr Exmann Ihre Naivität und Ihr schlechtes Gewissen ausgenützt. Ich mache Ihnen einen Vorschlag. Sollten Sie jemals Rechtsbeistand haben wollen, stehe ich Ihnen gerne zur Verfügung. Am besten gebe ich Ihnen meine direkte Nummer durch. Überlegen Sie es sich.“

„Vielen Dank für die Auskunft, Herr Waldscheit. Darüber muss ich nachdenken. Ah ja, am Freitag fahre ich übrigens nach Beuron.“

„Ein schönes Fleckchen Erde, genießen Sie die Fahrt. Wie gesagt, denken Sie über meinen Vorschlag bitte nach.“

„Ja danke, werde ich. Wiederhören.“

Kapitel 10

Am Freitagvormittag stieg Anja in Simones Cabrio ein. Anja erzählte während der Fahrt den Ablauf des Gesprächs mit Jens und das darauffolgende Telefonat mit dem Notar.

„Wo er recht hat, hat er recht. Ich habe dir schon lange gesagt, dass du einen Rechtsanwalt hinzuziehen solltest. Jens nützt deine Angst vor ihm seit Jahren aus. Es wird Zeit, dass du ihm Paroli bietest."

„Ich bin noch nicht soweit. Bis jetzt ging es auch ohne. Außerdem hatte ich mir vorgenommen, es alleine zu schaffen."

„Wie du meinst, aber du weißt, dass ich dich unterstützen werde, solltest du diesen Schritt gehen", antwortete Simone.

Sie bog ab und fuhr die Serpentinen nach Beuron hinunter. Der Anblick des Donautals mit dem Donaudurchbruch, überwältigte Anja. „Halt dort an", rief sie, dabei zeigte sie auf einen geschotterten Parkplatz am Rande der Straße.

Vor ihnen eröffnete sich das Donautal in seiner ganzen Schönheit. Schroffe hell leuchtende Felswände umrahmten das Tal, in dessen Mitte das Kloster Beuron mit seiner imposanten Größe lag.

Simone zeigte auf einen Aussichtspunkt oberhalb der Felswände. „Hast du gewusst, dass dieser Aussichtspunkt Hexenturm heißt? Von dort hast du einen wunderbaren Ausblick auf die Donauschlinge bei der Abtei."

Verwundert sah Anja Simone an. „Woher weißt du das schon wieder?"

„Meine Eltern haben mit mir als Kind viele Ausflüge unternommen. Mein Vater meinte immer, wir leben in einer so schönen geschichtsträchtigen Gegend, darum sollte man sie auch kennen. Als Kind fand ich das alles sehr spannend. Ich stelle immer wieder fest, dass ich ein paar Informationen behalten habe", sagte sie lachend. „Hast du dich bei dem Mönch angemeldet?"

„Ja, am Dienstag. Er erwartet mich."

Am Benediktinerkloster angekommen, parkte Simone unter den Kastanienbäumen des Klosterparkplatzes. „Während du dich mit dem Mönch triffst, schaue ich mir das Kloster genauer an. Schreib mir, wenn du fertig bist."

Gemeinsam stiegen sie die Treppe zum Eingang des Klosters hoch. Anja lief nach rechts zu dem Tor, wo ein Mönch in brauner Kutte auf sie wartete. Simone begab sich in Richtung der beeindruckenden Kirche, die hoch vor ihr aufragte und stieg die Stufen zum Kirchenportal hoch.

Der Mönch blickte Anja fragend an: „Frau Schneider?"

„Ja, die bin ich, schön Sie kennenzulernen", dabei schüttelten sie sich die Hände.

„Die Freude ist ganz meinerseits. Ich hatte mir überlegt, dass ich Ihnen zuerst das Grab von Otto zeige. Danach können wir uns in die Krypta setzen und reden“, schlug der Mönch vor. Anja nickte zur Bestätigung.

Gemeinsam überquerten sie den Klosterfriedhof und blieben in der hinteren Reihe vor einem Grab, bepflanzt mit einem Meer von rosaroten Blüten, stehen.

„Hier ist es“, sagte der Mönch.

Schweigend und in gemeinsamer Stille standen sie mit ihren Händen zum Gebet vor dem Grab von Otto Murghoff. In Gedanken sagte Anja Danke, Danke, Danke. Ihr Herz öffnete sich in Liebe zu dem unbekannten Mann, der hier unter der Erde lag.

Nach einer Weile räusperte sich Mönch Augustus: „Lassen Sie uns in die Krypta gehen. Dort können Sie eine Kerze für Otto anzünden.“

Nach dem Anzünden der Kerze setzten sie sich. Ein paar Minuten der Stille umgab sie in dem schummrigen Raum, bis der Mönch das Schweigen durchbrach. „Otto hatte vor, seinen Lebensabend in der Mühle zu verbringen, aber seine Krankheit kam ihm dazwischen. Deshalb hatte er seine letzten Wochen hier verbracht. Vor vielen Jahren begann er mit dem Umbau. Am Anfang alleine. Jeden Urlaub verbrachte er dort und hatte gearbeitet. Dabei hat er die Tagebücher von Hedwig Murghoff gefunden. Nach intensiven Lesen ist er auf die Information gestoßen, dass der älteste Sohn von Hedwig, er hieß Robert, wahrscheinlich ein Verhältnis mit einer Frau hatte, woraus dann ein Kind entstanden sein soll. Er nahm von Robert, der lange Jahre schon im Pflegeheim lebte, die Beichte ab und erfuhr dabei den Namen dieser Frau. Sie hieß Magdalena Reinhardt. Aus dieser Verbindung war ein gemeinsames Kind entstanden. Daher hatte Otto eine Firma beauftragt, diese Frau zu finden. Robert hatte sie sehr geliebt und ihr zum Andenken einen Ring geschenkt, den er Hedwig, seiner Mutter entwendet hatte."

Anja nestelte an ihrer Kette und zog den daran hängenden Ring hervor und zeigte ihn dem Mönch.

„Ja genau, Robert hatte den Ring beschrieben."

Gerührt und voller Ehrfurcht umschloss Anja mit ihrer Hand den Ring, der von ihrer Körperwärme ganz warm war. Gespannt hörte sie dem Mönch weiter zu.

„Otto hatte so sehr gehofft, Sie zu Lebzeiten kennen lernen zu können. Aber der Krebs, den er hatte, war so aggressiv, dass es sehr schnell mit ihm zu Ende ging. Er hat mir das Tagebuch von Hedwig übergeben, mit der Bitte an Sie, es zu lesen, damit Sie wissen, woher Ihre Vorfahren kommen." Er übergab Anja das Päckchen, welches er die ganze Zeit bei sich getragen hatte.

Ehrfurchtsvoll nahm Anja das Tagebuch entgegen. Sie bedankte sich und verließ die Krypta.

Auf dem Weg zurück schrieb sie Simone und schlenderte zwischen den Gräbern in Richtung Parkplatz. Links von den Grabreihen fiel ihr ein Gewölbegang auf, sie blieb stehen. Ein leicht modriger Geruch stieg daraus empor und in dem wenigen Licht, das vom Eingang hereinschien, sah sie helle Schatten tanzen. Sie blinzelte, aber die Schemen bewegten sich weiter. Umso länger sie hinschaute, desto mehr verdichteten sie sich zu menschlichen Formen. Sie erkannte mehrere Mönche, die in dem düsteren Gang standen und sie anstarrten. Anja fiel auf, dass sie durch sie hindurchschauen konnte, da sie die dahinterliegenden Grabsteinplatten, die in die Wände eingelassen waren, auch sah.

Ich werde verrückt, überlegte sie, drehte sich verschreckt um und floh in schnellen Schritten zum Parkplatz, wo Simone auf sie wartete.

„Was ist mit dir passiert? Du bist ganz blass. Hast du einen Geist gesehen?“, fragte Simone, als sie Anja sah.

„Nein, nur eine Sinnestäuschung. Gegruselt hat es mich trotzdem. Ist halt alles sehr viel die letzten Wochen und meine Augen haben mir einen Streich gespielt“, versuchte Anja abzuwiegeln. Sie hob das Päckchen hoch, „Ich habe das Tagebuch von Hedwig bekommen und bin schon gespannt, was sie wohl alles rein geschrieben hat“,und legte es auf den Rücksitz.

Am Abend lag Anja auf der Schlafcouch und schlug die erste Seite von Hedwigs Tagebuch auf. Sie las:

Heute bin ich siebzehn Jahre alt geworden und Vater hat mir zu meinem Geburtstag verkündet, dass ich bald heiraten müsse. Einen passenden Ehemann hat er für mich schon gefunden. Es ist der alte 40-jährige Witwer vom Gutshof nebenan. Ich habe gebittet und gebettelt, aber Vater ließ sich nicht erweichen. Ich sei eine von Straack und hätte mich zu fügen, so sagte er. Durch die Heirat würde sich das Vermögen und die Ländereien vergrößern. Außerdem könne ich froh sein, so eine gute Partie zu machen.

Liebes Tagebuch, ich bin verzweifelt. Ich bin doch keine Ware! Ich hasse mein Leben. Mein zukünftiger Bräutigam ist so alt. Ich wollte immer aus Liebe heiraten. Meine Träume sind im Wind verflogen. Tod wäre besser, als mit diesem furchtbaren Mann verheiratet zu werden. Er hat eine dicke rote Nase vom vielen Alkohol. Er riecht auch danach. Ich hatte gehofft, dass Mutter mir beisteht, aber sie steht hinter Vaters Entschluss. Außerdem sagte sie mir, wenn ich nicht bald unter die Haube komme, wäre ich zu alt, dann würde mich keiner mehr wollen.

Der Termin für die Hochzeit ist festgelegt. In fünf Monaten werde ich verheiratet sein. Das Tor zur Hölle ist aufgestoßen.

Meine Eltern und ich waren zu Besuch bei ihm. Mich hat es geekelt, als er mir die Hand küsste und ich seinen Speichel auf meinem Handrücken spürte. Der Ehevertrag wurde aufgesetzt und Vater hat unterschrieben. Am liebsten würde ich davon laufen. Mein Leben ist ein einziges Unglück.

Hier sah Anja, wie die Tinte verschmiert war, sie vermutete, dass Hedwig geweint hatte und die Tränen auf das Papier getropft waren. Betroffen hielt sie beim Lesen inne. Sie konnte es so gut nachempfinden und litt mit der Schreiberin mit. Sie las weiter.

Die letzten Wochen kam ich nicht zum Schreiben. Hektische Betriebsamkeit ist hier in meinem Zuhause ausgebrochen. Mutter und ich haben Stoffe für meine Aussteuer ausgesucht. Die Anprobe für mein Brautkleid fand auch statt. Ich muss zugeben, dass Kleid ist wunderschön. Ein cremeweißer Traum aus Spitze, bestickt mit Perlen. Die Gästeliste hat Mutter auch schon zusammen gestellt. Es wird ein rauschendes Fest mit einer weinenden Braut.

Mutter hat mit mir den Schmuck durchgesehen, welchen ich als zukünftige Ehefrau mit in die Ehe nehmen werde. Sie hat ein spezielles Schmuckkästchen anfertigen lassen. Es ist so schön, mit zwei eingeschnitzten Ähren darauf und dazwischen Wasserwellen, die für die Nordsee stehen. Es könnte alles so perfekt sein, wenn nicht der falsche Mann am Traualtar an meiner Seite stehen würde.

Heute durfte ich mit Vater zum Müller fahren. Die riesige Windmühle, deren Flügel sich im Wind drehen, war so erhaben. Ich stand davor, schaute hoch und mir wurde schwindelig von den Umdrehungen der Windmühlenflügel. Plötzlich hörte ich die Stimme eines jungen Mannes neben mir. Er stellte sich als Paul vor, der Sohn des Müllers. Er hat sich so sehr verändert. Das letzte Mal, wie ich ihn gesehen hatte, war er noch ein kleiner Junge. Aber jetzt liebes Tagebuch ist er ein gestandener Mann, mit breiten Schultern und zupackenden Händen. Sein Haar leuchtete wie Gold in der Sonne. Ich glaube, ich bin verliebt. Er hat mich an der Hand genommen. Zusammen sind wir in die Scheune gerannt und haben uns in das Stroh gelegt. Wie er so dalag, mit dem Strohhalm in seinem weich geschwungenen Mund, hätte ich ihn am liebsten geküsst. Mir wurde ganz warm am ganzen Körper und ich hatte unanständige Gedanken. Wenn Mutter das wüsste!

Lange haben wir uns unterhalten und die Zeit verging viel zu schnell. Ich hoffe, dass ich ihn bald wiedersehe.

Liebes Tagebuch, lange habe ich nicht geschrieben, es ist so viel passiert.

Anja machte eine Lesepause und schaute auf die Uhr. Mein Gott, so spät. Zeit zum Schlafen, der Tag fängt morgen früh an. Sie legte Hedwigs Tagebuch zur Seite.

Kapitel 11

Am nächsten Morgen, als die Kinder auf dem Weg zur Schule waren, beschloss Anja, zur Mühle zu fahren. Sie brauchte Ideen. Bis jetzt hatte sie keine Vorstellung, in welchem Farbton und Stil sie die Kinderzimmer streichen würde und hoffte auf Inspiration. Danach hatte sie vor, sich bei Ruth als neue Nachbarin vorzustellen. Sie stieg in ihr Auto und fuhr los.

Ein Kaffee wäre nicht schlecht, dachte sie, als sie in Hausen an der Bäckerei vorbeifuhr und drehte um. Sie betrat den Verkaufsraum und sah die Verkäuferin im Gespräch mit zwei Kundinnen. Die drei bemühten sich nicht, leise zu reden, und so kam Anja während des Wartens nicht umhin, dem Gespräch zuzuhören.

„Hast du schon gehört. Bei der Mühle tut sich was. Meine Nachbarin hat erfahren, dass der alte Murghoff gestorben ist und so eine Junge mit zwei Kindern dort einzieht. Außerdem kommt in die Mühle eine Goldschmiede."

„Ach, was du nicht sagst. Na, die werden sich freuen in der Geistermühle zu wohnen. Mein Mann war letztens spät nachts mit unserem Hund Gassi und da hat er von dort Klopfgeräusche gehört und einen Lichtstrahl gesehen, der durch das Haus wanderte. Er ist schnell weiter gegangen, weil es ihm so unheimlich war."

Die Verkäuferin drehte sich Anja zu. „Sie möchten?"

„Ein Kaffee to go, bitte mit Milch und Zucker."

„Kommt gleich."

Der Kaffee floss in den Becher. Anja wartete gespannt, ob sie weiter darüber tratschen würden.

„Man sagt, dort geht es seit Jahren nicht mit rechten Dingen zu. Also ich wollte dort nicht wohnen."

Anja bekam ihren Becher gereicht und bezahlte. Dann sah sie zu den zwei Frauen und sagte laut: „Übrigens, die Junge bin ich". Sie drehte sich um, verließ den Laden und sah aus den Augenwinkeln, wie die zwei Dorffrauen ihr mit offenen Mündern nachstarrten. Sie lachte in sich hinein. Geistermühle, wer so was glaubt. Typischer Dorfklatsch, dachte sie amüsiert.

Mit ihrem Kaffee in der Hand, an dem sie immer wieder nippte, stand sie im alten Lagerraum im Erdgeschoß. Sie schloss die Augen, um ihrer Fantasie zur Farbgestaltung in dem Raum ihren Lauf zu lassen. Sie überlegte: Mehrere 100x 160 große Leinwände auf Keilrahmen, dazwischen das rohe Mauerwerk, welches bemalt in die Bilder hineinfloss. Aber welches Motiv? So sehr sie sich auch bemühte, es kam ihr keine Idee. Vor ihren geschlossenen Augen blieben die Leinwände weiß. Unschlüssig stand sie da und machte ihre Augen wieder auf. Na dann, vielleicht ein andermal, tröstete sie sich und begab sich in die oberen Stockwerke.

Sie betrat Max' zukünftiges Zimmer und sah, dass sich schon einiges getan hatte. Der Raum war inzwischen mit Rigipsplatten ausgekleidet. Langsam nimmt es Form an, freute sie sich. Max ist vierzehn Jahre alt, vielleicht sollte ich einfach nur in verschiedenen Blautönen ohne Wandbild streichen. Sie spürte, wie sich das in ihrem Inneren gut anfühlte und nahm sich vor, es mit Max zu besprechen.

Sie stieg die Treppe zum Speicher hoch. Dort in Tims Zimmer angekommen, nahm sie den Raum das erste Mal richtig wahr. Hier war bis jetzt gar nicht angefangen worden. Das Material stapelte sich mittig auf dem Boden.

Was für ein Glück Tim mit diesem Zimmer hat, überlegte sie. Die schrägen Wände mit der eingebauten Gaupe. Es war hell und freundlich und doppelt so groß wie Max' Zimmer. Hier stellte sich Anja die Wände in Gelb- und Orangetönen vor, um das einfallende Sonnenlicht zu verstärken. Leider wird Tim damit nicht einverstanden sein, dachte sie wehmütig. Vielleicht wäre er mit einer gemalten Großstadtsilhouette an der Wand einverstanden und nahm sich vor, auch mit ihm zu sprechen.

Sie fuhr den Weg zurück zur Landstraße. In Gedanken versunken brauste sie knapp am Häuschen von Ruth vorbei. Im Augenwinkel sah sie diese am Gartentor stehen. Sie winkte. Anja stieg auf die Bremse, hielt an und parkte.

„Hallo, Frau Reinhardt, bei Ihnen wollte ich vorbeikommen, um mich vorzustellen.“

„Ja, ich weiß, kommen Sie rein. Der Kuchen steht schon auf dem Tisch.“

Anja folgte ihr durch den Vorgarten in das Haus und dachte, woher weiß sie, dass ich komme?

Überrascht blieb sie stehen. Ein gemütlicher Wohn- und Arbeitsraum lag vor ihr, indem es nach verschiedenen Kräutern roch. Anja nahm Kamille, Salbei und andere Gerüche wahr, die sie nicht zuordnen konnte. An den alten Deckenbalken, die sich von einer Wand zur anderen zogen, waren Kräuterbüschel zum Trocknen aufgehängt. Ein alter Apothekerschrank mit vielen kleinen beschrifteten Schubladen stand in der Ecke und daneben eine Arbeitsplatte, auf der ein Mörser mit Stößel, verschiedene Öle und Tiegel standen, die das Bild vervollständigten. Leichte Bistrovorhänge an den Fenstern dimmten das helle Licht und vor einem der Fenster, die zum Vorgarten hinausgingen, stand ein fertig gedeckter Kaffeetisch, in dessen Mitte ein Rhabarberstreuselkuchen thronte, der darauf wartete gegessen zu werden. In Gedanken an den süß- säuerlichen Kuchen lief Anja das Wasser im Mund zusammen.

Sie setzte sich. Ruth tischte ihr ein großes Stück auf und Anja nahm einen Bissen. Der fein säuerliche Geschmack breitete sich in ihrem Mund aus, sie schloss verzückt die Augen. „Der Kuchen schmeckt himmlisch!“ Ruth strahlte sie an und ihre Lebenserfahrungsfalten tanzten.

„Ich habe Sie schon ein paarmal vorbeifahren sehen. Es ist gut, dass endlich Leben in die Mühle kommt. Ein besonderes Bauwerk braucht besondere Eigentümer", sagte Ruth.

„Wie meinen Sie das?", fragte Anja verwundert nach.

„Darf ich Ihre Hand sehen?"

„Wofür?"

„Ich habe Fähigkeiten. Das nennt sich das zweite Gesicht."

Anja war neugierig und reichte ihr ihre Hand.

„Hm, mal sehen." Mit knochigen Fingern strich sie über ihre Handinnenfläche, was ein leicht kitzeliges Gefühl bei ihr hervorlockte. Anja wollte deshalb ihre Hand zurückziehen, aber Ruth hielt sie fest. Anja wurde unruhig und rutschte auf ihrem Stuhl hin und her. Sie wusste nicht, ob das eine gute Idee war, traute sich aber nicht, ihre Hand aus Ruths Griff zu ziehen und zu gehen. So ergab sie sich in ihr Schicksal.

Sie hörte, wie Ruth redete. „Relativ schmale Handfläche mit langen biegsamen Fingern. Viel Wasser ist in dir und eine hohe künstlerische Ader, die in Fluss kommen will." Automatisch hatte Ruth ins Du gewechselt.

„Ich sehe eine ausgeprägte Ahnenlinie, in der viel Unglück und Unrecht passiert ist." Anja sah sie mit großen Augen an und lauschte gespannt den Worten Ruths, die mit etwas heiserer Stimme weitersprach. „Die Ahnenlinien trennen sich und führen in der Zukunft hier wieder zusammen.“ Anja schaute hin und sah einfach nur Handlinien.

„Du hattest eine schwierige Kindheit mit viel Herzleid. Allerdings wird die Linie stärker und führt in dein Glück. Die Liebe erwartet dich, um gelebt zu werden. Einige Prüfungen stehen an, die du meistern wirst. Oh, was haben wir denn da? Auf dem Mond- und Neptunberg hast du Linien!“, rief Ruth erstaunt aus.

„Was ist mit den Linien?“, fragte Anja, die von der Reaktion Ruths überrascht war.

„Das sind besondere Linien. Wenige Menschen haben sie.“

„Und was bedeuten sie?“, fragte Anja nun, so neugierig geworden, dass sie mehr wissen wollte.

„Du kannst mit der Zwischenwelt in Kontakt treten.“

„Zwischenwelt, was ist das?“

„Das ist die höchste Form der Medialität. Du nimmst Seelen wahr, die aus irgendwelchen Gründen nicht in das Licht gehen wollten oder nicht konnten. Du bist eine Vermittlerin zwischen Himmel und Erde“, hauchte Ruth ehrfurchtsvoll.

„Das ist alles Quatsch“, rief Anja zornig aus und riss mit Kraft ihre Hand von ihr weg. Am ganzen Körper bebend stand auf. Sie beherrschte sich gerade noch, um höflich zu sagen: „Vielen Dank, für den Kuchen, aber ich muss jetzt weiter.“ Ruth schaute ihr forschend in das Gesicht und murmelte: „Sie ist noch nicht soweit.“

„Jetzt hören Sie auf, davon will ich nichts mehr hören", und strich sich mit der anderen Hand eine Strähne aus dem Gesicht. Ruth schoss hoch, als ihr Blick auf Anjas Handgelenk fiel. Mit krallenartigen Händen packte sie Anjas Hand und zog sie zu sich.

„Aua, Sie tun mir weh!"

„Lass sehen", sie berührte das Mal, welches wie eine Flamme aufzulodern schien. „Das kann nicht sein", sagte sie und schaute Anja direkt in die Augen.

„Jetzt lassen Sie mich endlich in Ruhe!", schrie Anja sie an. Ruth ließ ihre Hand fallen, als ob sie sich verbrannt hätte. Anja fühlte sich wie aus dem Gefängnis entlassen, drehte sich um und flüchtete aus dem Haus.

So ein Unsinn!, beruhigte Anja sich selbst, als sie nach Hause fuhr.

Kapitel 12

Der Umzugstermin rückte näher. Auf der Baustelle lief alles nach Plan. Anja zerbrach sich den Kopf, wie sie am besten bei ihrer Arbeitsstelle Urlaub beantragen könnte. Ihr Magen krampfte sich zusammen, wenn sie nur daran dachte, ihre Kassenchefin zu fragen und fürchtete ein Nein. Ich brauche frei, redete sie sich selbst gut zu. Außerdem habe ich so viele Überstunden und habe bis heute keinen Urlaub genommen. Das sollte doch kein Problem sein.

Sie saß an der Kasse und kassierte die Kunden ab. In ihren Gedanken formte sich ein Plan, denn sie hatte einen Verdacht. Sie beobachtete das Kassenbüro und sah, dass ihr Chef die Räumlichkeiten betrat. Kurzerhand schloss sie ihre Kasse und rannte hinterher. Sie wartete zwei Minuten vor der geschlossenen Tür, klopfte kurz an und riss dann die Tür zum Büro auf. Überrascht verharrte sie im Türrahmen. Sie hatte es geahnt, es sich aber nicht wirklich vorstellen können. Ihr Chef Herr Reuther stand in leidenschaftlicher Umarmung mit Frau Veugtler. Ertappt ließen sie voneinander.

Jetzt gehe ich zum Angriff über, nahm Anja sich vor. Sie sagte laut: „Ich habe zwanzig Tage Urlaub übrig, dazu 120 Überstunden. Das macht insgesamt 35 Tage Urlaub. Ich brauche Zeit für meinen Umzug. Idealerweise nehme ich 30 Tage frei. Und zwar in zwei Wochen. Herr Reuther, das können Sie sicherlich verstehen."

Sie rückte so nah an ihn heran, dass ihr warmer Atem sein Ohr streifte. Schweißperlen standen ihm auf der Stirn. Seine Bäckchen, die an sich schon rötlich waren, wurden noch einen Ton dunkler und er sagte wie hypnotisiert: „Ja."

Triumphierend schaute Anja zu ihrer Chefin und hielt deren hasserfüllten Blick stand. „Ich fülle am besten sofort den Urlaubszettel aus und Sie Herr Reuther unterschreiben ihn gleich, nicht wahr!"

Mit dem ausgefüllten und unterschriebenen Urlaubszettel marschierte Anja grinsend zu ihrer Kasse und arbeitete weiter.

Endlich Feierabend, dachte Anja und ging zur Abrechnung ins Kassenbüro. Die Luft war zum Schneiden dick und in unheilvollem Schweigen rechneten sie ab. Bevor Anja das Kassenbüro verlassen konnte, rief Frau Veugtler: „Frau Schneider, lassen Sie sich das gesagt sein. Dieses Mal sind Sie damit durch gekommen, doch das wird für Sie Konsequenzen haben."

Anja straffte ihre Schultern, so wirkte sie größer und in festen Schritten stapfte sie auf ihre Chefin zu. Kurz vor ihr stoppte Anja und schaute ihr direkt in die Augen. Ihr Gesicht näherte sich dem ihrer Chefin und mit leiser fester Stimme sagte sie: „Aber Frau Veugtler, ich glaube nicht, dass Ihr Chef entzückt wäre zu erfahren, dass ich mich in dieser Sache an seinen Chef, den Gebietsleiter, wenden würde, sollte es so sein", und gab ein leises bedrohliches Knurren von sich.

Frau Veugtler zuckte zurück, als ob sie geschlagen worden wäre, und drehte sich wortlos weg.

Anja hätte am liebsten einen Luftsprung gemacht. Endlich hatte sie sich nichts mehr gefallen lassen und lief leichten Schrittes aus dem Supermarkt.

Mein Gott, ist das hier ein Saustall, stöhnte Anja. Sie sah sich in Tims Zimmer um. Der Umzug stand bald an. Sie hatte sich vorgenommen, Tims Zimmer aufzuräumen und seinen Kleiderschrank auszumisten. Zuerst sammelte sie das gebrauchte Geschirr ein, welches sich im ganzen Zimmer verteilte und trug es in die Küche. Undefinierbare Reste klebten daran. Es ist schon komisch, dachte sie, reintragen kann er es, aber raustragen nicht mehr. Sie schaute unter das Bett und fand einige Handtücher, die sie schon vermisst hatte. Als sie die Handtücher, die in einem Knäuel zusammenlagen, auseinandernahm, fiel ihr Tims altes Handy in die Hände. Eigentlich war Max schon lange in dem Alter, in dem er eines haben könnte, dachte sie und Tim brauchte es nicht mehr, da er ein neues von seinem Vater bekommen hatte. Sie nahm sich vor, ihren Ältesten zu fragen, ob er es an Max abtreten würde.

Beim Abendessen legte Anja das Handy vor Tim auf den Tisch und fragte: „Brauchst du es noch?“

„Nö, ist eh alt, und ich habe jetzt das neue.“

Anja drehte innerlich die Augen hoch, fragte aber zuckersüß: „Kannst du mir den PIN dafür geben?“

Arglos antwortete Tim: „ Klar, 0001“, und aß weiter.

„Du hast sicher nichts dagegen, wenn ich Max das Handy gebe?“

„Nö, das alte Ding ist eh uncool“, kam die knappe Antwort.

Als beide Kinder schliefen, nahm Anja sich das Handy vor und wollte es auf die Werkseinstellung zurücksetzen. Sie suchte und suchte die Funktion. Es war zum Haareraufen. Sie ärgerte sich. Dann pfefferte sie es auf den Tisch, nahm es wieder auf und probierte es gleich darauf erneut. Stirnrunzelnd betrachtete sie das Handy und sah auf die Apps. Das grüne Symbol von WhatsApp sprang ihr ins Auge. Sie wollte schon darauf tippen und es öffnen, zog aber den Zeigefinger wieder zurück. Das kann ich doch nicht machen! Das ist nicht richtig, dachte Anja. Sie starrte hin und her gerissen darauf. Aber der Zwang nachzuschauen, was wohl Tim und sein Vater miteinander schrieben, war übermächtig.

Sie öffnete die App. Als erstes erschien der Chatverlauf mit seinem Vater. Sie öffnete ihn und las die verschiedenen Nachrichten.

Tim: Das ist so ätzend hier!!!

Papa: Hab noch ein bisschen Geduld, es hat sich bald erledigt.

Papa: Hat deine unfähige Mutter eine Wohnung gefunden?

Tim: Nein

Papa: Gut

Tim: Beeil dich Papa, ich halte es hier nicht mehr aus!

Papa: Du musst, du bist meine Augen und Ohren.

Tim: Mama hat was geerbt!

Papa: Nicht gut, mal sehen, was sich da machen lässt.

Tim: Sie hat eine marode Mühle geerbt und ich soll mit, die anschauen, hab kein Bock.

Papa: Ich ruf dich an ...

Anja stand die Situation vor Augen. Sie wusste nun, warum Tim wie ausgewechselt gewesen war, seine

Meinung geändert hatte und zur Mühle mitgefahren war. Er beeinflusst meinen Sohn gegen mich. Sie hatte es schon immer geahnt, aber hier war der direkte Beweis. Kein Wunder, dass Tim so mit mir umgeht. Hoffentlich wird es nach dem Umzug besser, hoffte sie.

„Vorsichtig! Jetzt noch ein bisschen nach rechts. Ja, genau. So ist es gut." Anja stand da und gab den Umzugshelfern, die Simone organisiert hatte, Anweisungen. Es war alles rechtzeitig fertig geworden. In ihrer ersten Urlaubswoche hatte sie die Zimmer der Jungs gestrichen. Für die Großstadtsilhouette hatte sie länger gebraucht und war stolz darauf. Es sah klasse aus und hatte Wirkung. Der Kommentar von Tim dazu war, es ist ok, aber Anja ließ sich nicht beirren. Sie wusste endlich, was mit ihm los war. Sie verstand, woher der Zorn auf sie herkam. Dadurch konnte sie Tims Launen besser an sich abprallen lassen. Sie hatte erst überlegt, sich ein neues Schlafzimmer zu leisten, hatte aber davon Abstand genommen, weil ihr altbekanntes Mangelgefühl hochstieg. Von dem Barbetrag von Otto war etwas übriggeblieben, den wollte sie zur Seite legen. Sie sparte zwar an der Miete und hatte dadurch mehr Geld zur Verfügung, aber sie dachte, die Schlafcouch tut es auch. Ein eigener Kleiderschrank war notwendig, so dass sie ihre Kleidung nicht mehr in Max' Schrank parken musste. Das sollte reichen.

Tims Fußknöchel war inzwischen gut verheilt, und er und sein Bruder halfen dabei, die Kartons zu schleppen. Stolz sah sie ihren Söhnen nach. Wie groß sie schon geworden sind.

Ein Klirren und kurz darauf ein Fluch, unterbrachen ihre Gedanken. „Wer in drei Teufels Namen hat die Kartons hier auf die Treppenstufen gestellt?“,hörte sie einen der Helfer. Schnell rannte sie zu der Unglücksstelle und das stolze Gefühl für Tim löste sich in Luft auf.

„Tim, komm sofort her“, schrie sie.

„Was ist los?“

„Komm einfach her.“

Tim schlappte mit den Händen in den Hosentaschen zu ihr.

„Wieso hast du deine Kartons hier abgestellt und nicht gleich hochgetragen?“

Tim schaute auf seine Umzugskartons, die mit seinem Namen beschriftet waren. „Max wollte sie unbedingt tragen. Er meinte, er möchte seine Arme trainieren und hatte darauf bestanden“, verteidigte sich Tim.

„Max hier her“, brüllte Anja.

Max kam von oben angelaufen. „Was ist los?“

„Räum sofort die Kartons von Tim weg.“

„Aber ...“

„Nichts aber, sofort! Das war eine blöde Idee. Die Treppe muss frei bleiben.“ Sie sah nicht, wie Tims Gesicht sich zu einem schadenfrohen Grinsen verzog, da sie durch einen Ruf von oben abgelenkt wurde. „Anja, wo sollen die Möbel hin?“, rief einer der Umzugshelfer.

Nach einer Weile kam Tim zu ihr gerannt. „Wo sind meine Anziehsachen?“

Anja sah ihren Sohn von oben bis unten klatschnass vor sich stehen. Aus den Haaren tropfte das Wasser.

„Ich glaube, der Wasserhahn im Bad ist defekt. Kein Wunder, bei der alten Hütte“, sagte er abfällig.

„Das kann nicht sein. Otto hat es komplett neu renovieren lassen“, antwortete Anja und ging in das Badezimmer, um nachzuschauen. Sie nahm den Duft von Veilchen war. Ein leises Kichern hallte im gekachelten Raum. Sie schaute auf die Wasserlache auf dem Boden. Im Licht der Lampe spiegelten sich leichte Wellen, die sich im Wasser ausbreiteten.

Anja stampfte mit dem Fuß darauf und es spritzte nach allen Seiten. So ein Unsinn. Meine Nerven spielen mir einen Streich, dachte sie.

Sie atmete tief durch und wendete sich dem Hahn zu. Mit zittriger Hand drehte sie ihn auf. Ein Wasserstrahl floss ruhig und stetig in das Becken. Kopfschüttelnd drehte sie sich Tim zu, der hinter ihr hergelaufen war. „Alles in Ordnung. Geh dich gleich umziehen, deine Kartons sind beschriftet, du wirst was Trockenes darin finden. Danach wisch hier auf.“ Seufzend verließ sie den Raum und ließ Tim stehen.

„Guten Morgen, habt ihr gut geschlafen?“, begrüßte Anja ihre Söhne am nächsten Tag gutgelaunt. „Wir haben eine Menge zu tun. Auspacken und uns hier wohnlich einrichten." Voller Tatendrang beugte sich Anja über den Karton, den sie gerade ausräumte.

„Mama, ich habe geschlafen wie ein Bär", antwortete Max und Tim sagte mürrisch: „Geschlafen habe ich gut, aber wann funktioniert das Internet?"

„Da kümmere ich mich nächste Woche darum", antwortete Anja leichthin.

„Nix bringst du auf die Reihe", schrie Tim plötzlich los und warf sein Handy auf den Tisch.

„Sag mal, spinnst du?", sagte Anja und drehte sich zu ihrem Ältesten um. Tim schenkte sich einen Orangensaft ein und setzte an zu trinken. In dem Moment nahm sie wieder den Veilchengeruch wahr und wie in Zeitlupe, sie glaubte, ihren Augen nicht zu trauen, ruckte Tims Glas und der Saft floss von seinem Kinn auf sein T-Shirt. Erstaunt sah Anja Tim an. Ein Lachen rollte ihre Kehle hoch und brach aus ihr heraus.

„Dieses verdammte Haus", schrie Tim und zog beleidigt ab. Anja wischte sich die Lachtränen aus den Augen. Aber immer wieder stieg das Bild vor ihren Augen hoch, und sie kicherte vor sich hin. Gut gelaunt packte sie weiter aus.

Am Abend war Ruhe eingekehrt. Anja setzte sich mit schweren Gliedern auf die Eckbank. Das Fenster war gekippt und das Klappern des Mühlenrades sang seine hypnotische Melodie. Die Anspannung fiel von ihr ab. Ich glaube, jetzt ist der perfekte Moment, um in dem Tagebuch weiterzulesen und mehr über Hedwigs

Leben zu erfahren. Sie blätterte zu der Stelle im Buch, an der sie zu lesen aufgehört hatte.

Liebes Tagebuch, lange habe ich nicht geschrieben, es ist so viel passiert. Paul ist zwei Tage später nachts zum Gutshof gekommen und hat Steinchen an mein Fenster geworfen. Mein Herz hat vor Angst gebebt, als ich durch das Haus nach draußen geschlichen bin. Viele Stunden haben wir geredet und uns besser kennen gelernt. Die darauffolgenden Wochen kam er fast jeden zweiten Abend. Mutter machte sich schon Sorgen um mich, da ich tagsüber so müde war. Dann kam die Nacht, als er mich das erste Mal küsste. Genau so habe ich es mir immer erträumt. Ich hatte das Gefühl, als ob die Welt still stünde. Es gab nur noch ihn und mich. Unsere Liebe ist so groß, dass wir uns nicht mehr trennen wollen.

Der Hochzeitstermin ist näher gerückt. Vor einer Woche haben wir beschlossen, abzuhauen. Wir wollen uns ein neues Leben aufbauen und morgen ist es soweit. Paul hat sich von seinem Ersparten ein Pferd gekauft. Er holt es morgen am frühen Abend ab. Das Kästchen mit dem Schmuck werde ich, wenn alle im Haus schlafen, holen und zusammen ziehen wir gen Süden. Weit weg von hier, so dass uns niemand findet. Ich verspüre Freude, aber auch Angst.

Hier stoppte Anja, weil ihre Augen immer schwerer wurden. Sie hätte gerne weitergelesen, aber das Bett rief sie.

Kapitel 13

Lange blieben sie in der Umarmung stehen. „Mensch, jetzt haben wir uns einige Tage nicht gesehen. Du hast mir gefehlt“, sagte Anja und inhallierte den Gänseblümchenduft von Simone.

Simone schnalzte, so dass es Anja, die nahe bei ihr stand, in den Ohren klingelte. „Aufträge, Aufträge, Aufträge. Ich bin bis zum Dach voll mit Arbeit. Aber heute habe ich es geschafft und bin hier“, sie schaute sich in Anjas Domizil um. „Schön geworden. Jetzt kommt Leben in die Bude“, sagte sie und betrachtete die Kleinigkeiten, wie den Wiesenblumenstrauß auf dem Tisch, anerkennend. Simone schob Anja von sich und musterte sie von oben bis unten. „Gut schaust du aus, irgendwas hat sich bei dir verändert“, sie schnalzte wieder mit ihrer Zunge. „Aber ich komme nicht darauf, was es ist. Ist auch egal, komm lass uns ein bisschen tratschen“, und setzte sich. „Was hast du denn Feines zum Trinken da?“

„Ich kann dir Wasser, Kaffee, Bier oder Rotwein anbieten.“

„Zu einem Gläschen Wein sag ich nicht Nein. Obwohl Sekt genau das Richtige wäre, um deinen Umzug zu feiern. Wie ich gehört habe, ging alles glatt.“

„Viel Arbeit. So ein Umzug ist nicht ohne. Aber dank deiner Umzugshelfer ging es zügig."

„Prima, das freut mich. Aber jetzt erzähl mal, was sich in den letzten Tagen alles ereignet hat."

Und Anja erzählte von ihrem Urlaubsantrag, wie sie ihre Chefs erwischt hatte und sich durch gesetzt hatte, was sie in Hedwigs Tagebuch bis jetzt gelesen hatte und von dem Besuch bei Ruth.

Hier hakte Simone ein. „Und wenn sie recht hat?"

„Das ist krank, nicht normal. Zwischenwelt, dass ich nicht lache", sagte Anja.

„Du weißt schon, dass es immer wieder besondere Menschen gibt, mit Fähigkeiten, die keine Wissenschaft nachweisen kann und die trotzdem da sind?"

„Ich habe Angst davor. Angst, dass ich wieder in Therapie muss, bloß weil ich etwas wahrnehme, was andere nicht kennen. Ich möchte nicht ausgegrenzt werden. Ich möchte normal sein!"

„Aber vielleicht ist es gut, wenn du besonders bist. Es hat vielleicht einen Grund. Hast du darüber schon mal nachgedacht?", argumentierte Simone. „Du hast die Wahl, damit zu leben und was daraus zu machen oder es auf überreizte Nerven zu schieben", fügte Simone noch dazu.

„Ich weiß nicht ...", sagte Anja verunsichert.

„Weißt du was, geh nochmal zu Ruth. Vielleicht kann sie dir helfen. Zumindest erklären."

Anja nickte nur.

Am nächsten Tag wurde ihr der Besuch bei Ruth abgenommen. Anja fuhr auf den Hof und sah sie an ihrer Haustür warten. In ihrem Arm hielt sie einen kleinen goldfarbenen Hund, der sich gerade aus Ruths Umklammerung strampelte und nun mit wehenden Ohren auf sie zu gerannt kam. Anja bückte sich und sah braune Knopfaugen und eine weit aufgerissene Schnauze, die sie an hechelte. „Wer bist denn du?“, sie streichelte sein wuscheliges Fell.

„Er heißt Trevor und ist ein Golden Retriever Rüde. Ich dachte, er passt gut zu dir und deinem Sohn Max.“

„Max? Woher weißt du ...?“

„Nicht was Sie denken“, lachte Ruth. „Ihr Sohn lief letztens bei mir vorbei und dabei haben wir uns kennen gelernt. Er hat mit erzählt, dass es sein Herzenswunsch sei, einen Hund zu haben. Eine Bekannte von mir hat Welpen und da war ich so frei, Max’ Wunsch zu erfüllen, vielleicht auch als Friedensangebot an Sie. Unser Start war ja etwas holprig. Ich hoffe, Sie nehmen mein Geschenk an.“

Trevor stellte sich auf die Hinterbeine und bellte Anja an. Sie hatte den Eindruck, dass er sie anlachte und sich freute. Ihr Herz wurde weich und sie sagte: „Gerne, das Grundstück ist ideal für einen Hund und Max wird sich freuen. Dann muss ich nachher wohl nochmal wegfahren und Sachen für Trevor besorgen.“

„Kein Problem, ich habe mir überlegt, wenn du arbeiten bist, passe ich gerne auf den Kleinen auf.“

Anja fiel auf, das Ruth wieder ins Du gewechselt hatte und passte sich an. „Abgemacht. Das ist perfekt. Komm doch rein“, Anja schloss die Haustüre auf. Kaum war die Tür ein Spalt offen, drückte sich Trevor an ihr vorbei und schnüffelte sein neues Zuhause ab.

Ruth sah sich in Anjas Wohnung um. „Schön hast du es hier. Gefällt mir.“

„Setz dich doch. Magst du einen Kaffee?“

Mit der Kaffeetasse vor sich sagte Anja zu Ruth: „Es tut mir leid. Meine Reaktion war vollkommen überzogen.“

„Das ist längst Vergangenheit. Immer schön nach vorne gucken, ist meine Devise.“

„Ich habe viele Fragen an dich“, sagte Anja und lächelte sie an.

Erstaunt sah Ruth sie an. „Woher der Wandel?“

„Meine Freundin Simone hat mir den Kopf gewaschen. Nein, nicht ganz so schlimm. Ich möchte dir was erzählen. Als Kind habe ich meine Eltern gesehen.“ Sie stockte kurz. „Nachdem sie tot waren. Leider habe ich es der Leiterin des Kinderheimes erzählt. Du musst wissen, das waren Nonnen.“

Ruth runzelte die Stirn.

„Daraufhin war ich jahrelang in Therapie. In der letzten Zeit sehe ich wieder Schemen und im Kloster Beuron waren diese Eindrücke noch intensiver.“

„Was war am Kloster Beuron so besonders?“, fragte Ruth ruhig.

Anja überlegte.

Ruth versuchte, ihr zu helfen, und fragte: „Was hat dich dort am meisten berührt?“

„Dieses Gefühl der Dankbarkeit gegenüber Otto. Dass er mich gesucht hatte, auch gefunden hat und mir dann diese Mühle vererbt hat.“

„War noch etwas?“

„Der Mönch hat mir das Tagebuch von Hedwig gegeben.“

„Hedwig? Wer ist sie?“

„Eine Ahnin von mir.“

Ruths Gesicht hellte sich auf. „Otto ist ein Verwandter und Hedwig auch. Der Zugang zur Zwischenwelt hat sich wieder etwas mehr geöffnet, nachdem du in Kontakt mit deiner Ahnenlinie kamst. Du musst es dir wie eine Leitung vorstellen. Durch die Therapie wurde sie verschüttet, aber durch die Energie deiner Ahnen wieder geöffnet.“

„Ich habe aber Angst davor.“

Ruth nahm Anjas kalte Hände in ihre warmen Hände. „Das ist kein Wunder. Die Menschen lehnen Ungewöhnliches, das sie sich nicht erklären können, ab. Deine Gabe ist etwas Besonderes. Du weißt nur nicht, was du alles Gutes damit bewirken kannst.“

„Und was wäre das?“, fragte Anja zweifelnd.

„Du musst es dir so vorstellen. Die Zwischenwelt ist wie ein Bahnhof. Normalerweise reisen die verstorbenen Seelen weiter zum Licht. Manche Seelen warten ab, wollen noch ihre lebenden Angehörigen besuchen, um zu schauen, ob es ihnen gut geht. Danach reisen sie erst weiter. Jetzt gibt es allerdings auch Seelen, die stecken fest, weil etwas unerledigt ist. Vielleicht wollen sie ihren Angehörigen noch etwas sagen oder es ist Unrecht geschehen. Es gibt viele Gründe. Und da braucht es Menschen wie dich. Du hilfst diesen Seelen. Du vermittelst zwischen den Welten. Das heißt, du kannst sie sehen und hören und eventuell auch riechen."

„Du meinst wie in der Serie Ghost Whisperer?"

„Ja, genau."

Ein leichter Duft nach Veilchen breitete sich plötzlich am Tisch aus. Trevor stand auf, wedelte mit seinem Schwanz und fixierte einen unsichtbaren Punkt im Raum. Anja schnupperte und Ruth beobachtete den Hund. „Tiere können Geister spüren und sehen", sagte sie schmunzelnd.

In Anjas Gesicht arbeitete es und es schoss aus ihr heraus: „Na klar, dieser Geruch, ich habe ihn schon öfters wahrgenommen. Es ist jemand da!", sie blickte auf die Stelle, wohin Trevor schaute. Enttäuscht sagte sie: „Ich rieche etwas, aber ich sehe nichts."

„Da kann ich dich beruhigen. Deine Hellsicht wird sich mit der Erkenntnis erweitern, dass du es kannst. Manchmal öffnet es sich aber auch durch einen Schock."

Ruth stand auf. „So ich muss jetzt gehen."

„Warte. Ich habe noch eine Frage an dich." Anja streckte ihr rechtes Handgelenk vor und zeigte auf das Feuermal. „Du hast so komisch reagiert, als du es gesehen hattest. Warum?“

Ruth schaute darauf und sah ihr dann in die Augen. „Ich bin eine Wissenshüterin. Bei uns im Volk gibt es viele Legenden und Mythen. Meine Uroma hatte mir mal eine erzählt, aber es ist, wie wenn das Wissen in meinem Kopf hinter einem Nebel verborgen ist. Ich glaube, wenn die Zeit reif ist, werde ich mich wieder daran erinnern.“

Anja begleitete sie noch zur Türe.

Mit schweren Einkaufstüten voll mit Hundefutter, Näpfen, Spielzeug und einem Hundekissen unter dem Arm stieg Anja die Treppe hinauf. Sie hörte wildes Kläffen und das Lachen von Max. Kaum hatte sie den Raum betreten, stürmten Max und Trevor schon auf sie zu. „Mama, danke, danke! Ein Hund! Genauso habe ich ihn mir immer vorgestellt!“

„Mir musst du nicht danken. Ruth hat uns Trevor geschenkt.“

„Er heißt Trevor!“, rief Max. „Trevor, Trevor, komm!“, und rannte mit dem Hund nach draußen.

„Was soll der Köter hier?“, meckerte Tim, als er abends nach Hause kam. „Der hat in meinem Zimmer nichts verloren. Der stinkt und alles ist nachher voll mit Hundehaaren.“ Er musterte den Hund abfällig. Im weiten Abstand, die Schultern steif vor Anspannung, lief er an Trevor vorbei und verschwand nach oben.

„Trevor, du schläfst bei mir“, strahlte Max und knuddelte den Hund.

Kapitel 14

Juhu, endlich, dachte Anja. Mit der Kaffeetasse in der Hand schaute sie aus dem Fenster. Es war soweit. Die Wohnung in der Scheune war fertig. Die Werkstatt selbst brauchte noch etwas länger, da die Arbeiten daran aufwändiger waren. Von weitem sah sie, wie der Umzugswagen angerollt kam. Sie stellte ihre Tasse ab und rannte dem LKW entgegen.

Viele Stunden später standen Anja und Simone in der Scheunenwohnung und betrachteten das Chaos. Simone seufzte tief und ihre roten Locken standen wild in alle Richtungen. Anja musterte die vielen Kartons und Möbel, die bis jetzt keinen Platz gefunden hatten. „Ich wusste gar nicht, dass du so viele Sachen hast" ,sagte Anja und schmunzelte dabei.

„Ich kann mich so schlecht von etwas trennen. So habe ich einfach alles eingepackt, in der Hoffnung, du hilfst mir", sagte Simone mit unschuldigem Augenaufschlag.

Die Sonne ging unter und der Himmel über der Hegaulandschaft schien zu brennen. Die Abenddämmerung warf rötliche Schatten in den Hof. Leise hörte sie das Plätschern des Flusses, und zarter Nebel kroch mit der Dämmerung aus den Uferbüschen hervor. Sie saßen zusammen auf der Bank unter der Linde. Anja streckte die Beine weit von sich und legte ihren Kopf in den Nacken. Sie beobachtete das schwindende Lichtspiel in den Ästen der alten Linde. Die Blätter knisterten über ihr in dem leichten Wind, und sie hörte das Rauschen der Bäume vom naheliegenden Wald. Sie hatten viel geschafft heute. Einiges aussortiert und vor der Scheune platziert, damit Simone es morgen zum Baubetriebshof fahren konnte. Als sie an die Wohnung von Simone dachte, fand sie, das sie noch nicht sehr gemütlich wirkte. Aber mit der Zeit wird es kommen. Zumindest waren die wichtigsten Alltagsgegenstände aufgeräumt und hatten einen Platz gefunden.

Anja sagte zu Simone: „Schön haben wir es hier. Das wird eine tolle Zeit zusammen."

Simone nickte nur, da sie zu erschöpft zum Reden war.

Anja fielen fast die Augen zu vor Müdigkeit. Sie stand auf und reckte sich. „Du ich gehe rein. Morgen ist auch noch ein Tag." Sie umarmte Simone und überquerte den Hof.

Als sie die Mühle betrat, hörte sie ein Kratzen und leises Flüstern. Lauschend blieb Anja stehen und erkannte die Stimme von Max. „Trevor! Hör auf! Nein! Komm jetzt!"

Anja folgte den Geräuschen, die unter der Treppe hervorklangen und sah ihren Sohn, wie er Trevor von der Kellertür wegzuziehen versuchte. „Was ist denn los?", fragte sie ihren Jüngsten.

„Ich weiß nicht. Trevor kratzt wie ein Wilder an der Holztür. Ich bekomme ihn einfach nicht weg. Wohin führt die Tür?“

„Nur in den Keller“, beantwortete Anja seine Frage und drückte die Klinke herunter. Zu ihrer Überraschung öffnete sie sich lautlos. Sie starrte in die dunkle Tiefe, aus der sich ein schwarzer Schatten hervor schälte. Mit weit aufgerissenen Augen sprang sie einen Schritt zurück und rempelte Max an, der hinter ihr gestanden hatte. Trevor schoss vor und bellte in die Finsternis.

„Halten sie den Köter zurück“, hörte Anja eine bekannte Stimme. Sie atmete erleichtert auf und packte Trevor am Halsband, der aggressiv bellend auf dem ersten Treppenabsatz vor Herrn Bauer stand, der gerade die Treppe hochkam. Der Hund versuchte, weiterhin auf den Bauunternehmer loszugehen. Seine Nackenhaare waren gesträubt.

Was ist mit dem Hund los, wunderte sich Anja und nahm ihn auf den Arm. Trevor wurde ruhiger, knurrte aber noch leise in die Richtung des Bauunternehmers. Herr Bauer machte einen Schritt auf Anja zu. Daraufhin versuchte Trevor sich aus dem Arm herauszuwinden, fletschte seine Zähne und bellte. Herr Bauer wich zurück. „Was machen Sie um die Uhrzeit hier?“, fragte Anja mit lauter Stimme, um das Gebell zu übertönen.

„Ich habe nach dem Rechten gesehen. Die Elektrik müsste jetzt einwandfrei funktionieren“, rechtfertigte sich Herr Bauer. Er schloss die Kellertüre ab und wollte gerade gehen, als Anja ihn fragte: „Ich wusste gar nicht, dass Sie da sind. Wo ist denn Ihr Auto?“

„Ich bin zu Fuß hier“, antwortete er mürrisch. „Sie können froh sein, dass ich mich so gut kümmere. Aber wenn es Sie stört, kann ich keine Garantie geben, dass alles zu Ihrer Zufriedenheit fertig wird“, sagte er und ließ Anja einfach stehen. Überrumpelt schaute Anja ihm hinterher.

Anja lag nach diesem langen Tag in ihrem Bett und schlug Hedwigs Tagebuch auf. Sie war neugierig, ob die Flucht von Hedwig und Paul gelungen war. Ihre Augen flogen über die Zeilen.

So hatte ich es mir nicht vorgestellt. Wir schlafen in Scheunen oder auf dem freien Feld. Die Reise ist sehr anstrengend und es ist kein Ende in Sicht. Viele Wochen sind wir nun schon unterwegs, und ich habe keine Ahnung, welches Datum wir haben. Manchmal bleiben wir ein paar Tage an einem Ort, wenn Paul als Tagelöhner Arbeit gefunden hat. Jetzt erst merke ich, wie gut ich vorher gelebt habe. Trotzdem bereue ich es nicht, mit dem Menschen zusammen zu sein, den ich liebe.

Endlich sind wir am Ende unserer Reise angekommen. Es ist für mich ungewohnt, diese Landschaft meine neue Heimat zu nennen, da ich es vom Norden her gewohnt war, nur flaches Land zu sehen. Um mich herum sind nun Berge und so, wie ich erfahren habe, nennt sich dieses Gebiet Hegau, deren größter Berg eine alte Burgruine schmückt. Die Murgh fließt durch diese Landschaft hindurch und Paul möchte hier eine Wassermühle bauen. Wir sind bei einem hilfsbereiten Ehepaar untergekommen. Ich helfe für Kost und Logis auf dem Hof und im Haus. Paul ist ein paar Wochen zu einer weiter entfernten Mühle geritten, um das Wassermühlenhandwerk zu erlernen. Er fehlt mir sehr, nachdem wir all die Monate Tag und Nacht zusammen waren.

Ich habe mich gut eingefunden in das Leben der einfachen Leute und ich wollte niemals mein altes Leben zurück. Paul hat ein kleines Häuschen für uns gebaut. Der Bau der Wassermühle geht gut voran. Viel Zeit, um zu schreiben, habe ich nicht. Die Menschen hier helfen uns bei dem Bau, und ich habe Arbeit im Dorf gefunden.

Die Mühle ist endlich fertig, und wir haben viele Aufträge. Ein reges Kommen und Gehen herrscht hier auf dem Hof. Wir haben unsere Namen geändert und heißen inzwischen Murghoff. Paul und ich haben in aller Stille in Konstanz geheiratet. Wir hatten uns vorher schon als vermählt ausgegeben. Das freundliche Ehepaar, das uns in unseren Anfängen aufgenommen hatte, sind unsere Freunde geworden und manches Fest feiern wir gemeinsam.

Vor ein paar Tagen fuhren viele Wagen auf unseren Hof. Die Menschen sehen ein bisschen fremd mit ihren schwarzen Haaren und ihrer dunkler Haut aus. Sie nennen sich Roma. Sie haben angefragt, bei uns

ein paar Wochen bleiben zu dürfen. Wir haben auf den weiten Wiesen genügend Platz und so hat Paul zugestimmt. Die Dorfbewohner sind nicht begeistert und beschimpfen sie als Zigeuner.
Anscheinend kommen sie alle paar Jahre wieder.

An dieser Stelle war Anja zu müde, um weiterzulesen, legte das Buch zur Seite und schlief sofort ein.

Mitten in der Nacht wurde Anja von einem wütenden Gebelle wach. Schlaftrunken schlurfte sie in den Wohnraum und sah, wie Trevor wild Richtung Fensterfront bellte. Anja schaute aus dem Fenster und sah in dem kleinen Mühlenhaus den Lichtstrahl einer Taschenlampe. Gleich darauf hörte sie ein schepperndes Geräusch. Einbrecher, dachte sie und nahm mit zitternden Händen ihr Handy und rief die Polizei an. Sie war jetzt hellwach und beobachtete das Licht, das sich hin und her schwenkend im gegenüberliegenden Gebäude bewegte.
Anja beschloss draußen zu warten und eilte die Treppe hinunter.

Ein Polizeiwagen fuhr auf den Hof, und Anja schaute ihnen entgegen. Zwei Polizeibeamte entstiegen dem Auto und begrüßten Anja. „Sie haben einen Einbruch gemeldet?"

„Ja, dort drüben", sagte Anja und zeigte in Richtung Mühlenrad.

„In dem Gebäude dort?“, vergewisserte sich der Beamte.

„Genau, ich bin wach geworden, weil mein Hund angeschlagen hatte, und da sah ich den Schein einer Taschenlampe im kleinen Mühlenhaus. Aber als Sie auf den Hof fuhren, ging das Licht aus.“

„Bleiben Sie hier. Wir schauen nach“, und die Polizisten entfernten sich. War das etwa der nette gutaussehende Mann von der Kasse, fragte sich Anja und schaute ihm hinterher. Sie überlegte, ob sie Simone wecken sollte, ließ es aber dann sein. Sie brauchte ihren Schlaf, und die Polizei ist ja da, versuchte Anja, sich zu beruhigen.

Sie zog die Schultern frierend nach oben. Ein kühler Wind fegte um das Haus. Nachts, alleine wirkte die Umgebung anders. Die Baumwipfel streckten ihre Äste wie hilfesuchende Arme in den Nachthimmel. Die knorrige Linde ächzte. Unsicher schweiften ihre Augen über den Hof. Es sah alles so fremd in der Dunkelheit aus. Vielleicht sollte ich hier Lampen aufstellen, überlegte sie. Ein Rascheln schreckte sie auf, und Anja fühlte sich beobachtet. Ihr Rücken prickelte, deshalb drehte sie sich ruckartig um. Trevor knurrte. Sie bückte sich und streichelte sein Fell, um ihn zu beruhigen. Sie spürte, wie sein Körper zitterte. Unsicher richtete sie sich wieder auf und schaute in die Richtung, die Trevor mit seinen Augen fixierte. Wieder ein Rascheln, dann das Knacken eines brechenden Zweiges, diesmal lauter und ein Schatten huschte über den Hof. Anja lies pfeifend ihren Atem entweichen, den sie vor Anspannung angehalten hatte. Eine Katze, erkannte sie und atmete auf.

Nach einer gefühlten Ewigkeit kamen die Polizisten zu Anja zurück, die sich nicht vom Fleck bewegt hatte. „Es war niemand mehr da. Kommen Sie bitte mit. Es ist schwierig, festzustellen, ob etwas fehlt."

Neugierig betrat Anja den Raum, dieser wurde von den Lichtstrahlen der Taschenlampen der Polizisten ausgeleuchtet. „Ich hatte noch ein Scheppern gehört. Zu stehlen gibt es hier nichts."

„Das hier sieht aus, als ob vor kurzem jemand hier war und was gesucht hat", sagte einer der Beamten. Er zeigte auf eine Stelle am Boden, wo frische Bruchspuren in den Bodendielen ein Loch aufwiesen. „Der Einbrecher muss schon öfters hier gewesen sein."

Jetzt erst fiel Anja auf, dass an mehreren Stellen der Boden aufgebrochen worden war.

„Ist Ihnen vorher schon etwas hier aufgefallen?" Anja schüttelte verneinend den Kopf. „Ich war nur am Anfang mal hier. Aber da war der Boden noch in Ordnung. Soweit ich mich erinnere. Es wäre mir sicher aufgefallen", murmelte Anja.

„Frau Schneider, wir werden nachher ein Protokoll aufnehmen, und ich mache ihnen den Vorschlag, öfters hier eine Streife vorbei zu schicken. Es könnten auch einfach Vandalen sein, die ihren Spaß dabei haben zu zerstören. Können wir uns irgendwo reinsetzten?"

„Ja, natürlich. Kommen Sie mit nach oben. Aber bitte leise meine Söhne schlafen."

Im hellen Licht der Deckenlampe sah Anja den einen Polizisten genauer an und ihr rutschte heraus: „Sie sind der Mann von der Kasse!"

Dieser grinste verschmitzt. „Ja, Frau Anja Schneider, der bin ich. Hauptkommissar Martin Baumann mein Name. So sieht man sich wieder. Schön, dass Sie sich an mich erinnern, da sie sicher viele Männer an der Kasse haben", flirtete er.

Anja spürte, wie ihre Wangen heiß wurden. Der andere Beamte schaute von seinem Kollegen zu Anja. Ein leichtes Knistern war in der Luft zu spüren. Anja strich sich eine Haarsträhne aus dem Gesicht, um die Verlegenheit zu überspielen, und fragte: „Möchten Sie einen Kaffee?"

„Gerne", sagten beide Polizisten gleichzeitig.

Anja machte sich daran, die Maschine zu bedienen, und war froh so die Möglichkeit zu haben, sich zu beruhigen.

Nachdem alles in das Protokoll aufgenommen worden war, verabschiedete Anja die Zwei.

„Micha, geh schon mal vor, ich komme gleich nach", sagte Martin Baumann zu seinem Kollegen.

Abwartend stand Anja da. Sie hatte keine Vorstellung, was er von ihr wollte.

„Ich bin jetzt einfach direkt. Leider hatte ich gehofft, Sie unter anderen Umständen wieder zu sehen, aber ich packe die Gelegenheit beim Schopf." Martin machte eine kurze Pause und schluckte.

Anjas Hände fingen an, unkontrolliert zu zittern, so dass sie ihre Arme nahm und vor ihrer Brust verschränkte. Martin Baumann bemerkte diese Geste und runzelte die Stirn. Anja sah, wie er sich versteifte. Er holte tief Luft und fragte: „Ich möchte Sie gerne zum Essen einladen“, und sah sie abwartend an.

„Ich weiß nicht“, stotterte sie. Innerlich war sie hin und her gerissen. Er wirkte sympathisch auf sie und gefiel ihr auch sehr gut. Ein Teil von ihr wollte ja sagen. Der andere Teil traute sich nicht, da sie Angst vor einer Enttäuschung hatte. Was soll ich nur machen?, überlegte sie.

Anja sah in seinem Gesicht, wie sich Enttäuschung ausbreitete, und gab sich innerlich einen Ruck. Indem Moment kam er ihr zuvor und sagte: „Blöde Idee, ich muss jetzt gehen“, und ließ sie einfach stehen.

Verwirrt schaute sie hinter ihm her.

Kapitel 15

„Max! Trevor! Wo seid ihr?“, rief Anja, als sie ein paar Wochen später vom Arbeiten nach Hause kam. Sie suchte alles nach ihnen ab. Kein Max und kein Hund war zu finden. „Vielleicht sind sie bei Simone?“, überlegte Anja laut, rannte zur Scheune und klingelte. Mit dem Telefon am Ohr öffnete ihre Freundin. Anja hörte noch: „Ja, gut. Perfekt. Sie liefern in fünf Wochen.

Das passt. Danke. Wiederhören. Es ging um die Bestellung für die Werkstatt“, erklärte Simone.

„Hast du Max und Trevor gesehen?“, fragte Anja und ihrer Stimme hörte man an, wie besorgt sie war.

„Vorhin habe ich sie draußen beim Spielen gesehen, dann sind sie wieder ins Haus. Wieso?“

„Da sind sie nicht. Ich habe schon überall nachgeschaut.“

„Komm, wir suchen zusammen“, sagte Simone und packte sie am Arm.

Sie hatten das ganze Gelände nach ihnen abgesucht. Am Fluss, im Wäldchen und auch gerufen. Sogar bei Ruth hatten sie nachgefragt. Anja machte sich große Sorgen und ihre Verzweiflung wuchs. „Wo können sie sein?“, fragte Simone. „Hast du einen Vorschlag, wo wir noch nicht geschaut haben.“

Anja kaute an ihrer Unterlippe und überlegte. Ihr Gesicht hellte sich auf. Sie rief erleichtert: „Im Keller!“, und rannte los.

Die Tür zum Keller stand ein Spalt weit auf. Zögernd stand Anja davor.

„Ich war bis jetzt nie hier unten. Irgendwie habe ich ein komisches Gefühl im Magen“, sie suchte mit leicht bebender Hand den Lichtschalter.

„Was, du hast dir den Keller nicht angeschaut?“, wunderte sich Simone und ging vorsichtig die alte Holztreppe hinunter.

Anja folgte ihr und rief: „Max, Trevor, seid ihr hier?“

Vor ihnen eröffnete sich ein hoher Gewölbegang aus gemauerten rohen Steinwänden. Der Boden bestand aus festgestampften Lehm. Mehrere Türen zweigten ab, wovon eine halb offen stand.

„Mama, hier bin ich", klang die Stimme ihres Sohnes aus dem Raum. Ein modriger abgestandener Geruch drang daraus hervor. Das wenige Licht einer Taschenlampe zauberte mehr Schatten als Helligkeit. An der linken Ziegelwand stand Max und versuchte Trevor vom Kratzen und Wühlen abzuhalten. Mit Tränen der Verzweiflung schaute Max zu ihnen: „Er hört einfach nicht auf."

„Du musst strenger mit ihm sein. Auf zögerliches Bitten und leichtes Ziehen reagieren die wenigsten Hunde", sagte Simone und packte den Hund an seinem blauen Halsband und zog ihn mit Kraft weg.

„Was zum Teufel ..." Anja sah in Bodenhöhe ein Loch in der Wand. Die alten porösen Steine waren von den Krallen des Hundes weggebrochen.

„Gib mal her", befahl Simone. Sie nahm die Taschenlampe, kniete sich davor und leuchtete hinein. „Ich sehe nicht viel, nur was Helles schimmert da. Wir müssen das Loch vergrößern", sagte sie. Die Neugierde hatte sie gepackt.

Max lief los und holte einen Hammer. Damit schlug Simone auf die bröckeligen Steine ein und vergrößerte die Öffnung nach und nach. Schweißperlen liefen ihr über die Stirn, doch geduldig hämmerte sie Brocken für Brocken weg, bis sie sagte: „Ich glaube, jetzt ist es groß genug."

Anja fühlte sich immer unwohler. Ihr Magen zog sich krampfartig zusammen, und sie hatte das Gefühl, sich gleich übergeben zu müssen. Sie wusste nicht, was mit ihr los war und am liebsten hätte sie die Flucht ergriffen. Kalter Schweiß überzog ihren Körper.

Simone machte ihren Oberkörper lang und steckte ihren Kopf und einen Arm mit der Taschenlampe hinein. Anja hörte von ihr Würgegeräusche und sah, wie Simone ihren Kopf zurückzog und nach hinten fiel. Entsetzte Augen schauten sie an. „Ruf die Polizei."

„Was hast du gefunden?", fragte Anja mit bebender Stimme.

Max wollte gerade hineinschauen, aber Simone zog ihn an seinem Hosenbund zurück und schrie: „Nicht! Lasst uns von hier verschwinden."

In der Wohnung angekommen, setzte sich Simone zitternd an den Tisch. „Schick bitte Max auf sein Zimmer. Was ich zu sagen habe, ist nicht für seine Ohren bestimmt."

„Max geh bitte mit Trevor auf dein Zimmer. Ich erkläre es dir später."

Max schaute sie mit roten Augen an: „Habe ich was falsch gemacht?"

„Nein, nein", versuchte Anja, ihren Sohn zu beruhigen und strich mit zitternden Fingern über seinen Wuschelschopf. „Mach einfach, was ich dir sage. Simone braucht mich jetzt."

Simone wartete, bis Max verschwunden war, und fragte: „Hast du Schnaps da?"

Anja suchte in ihrem Schrank. In der hintersten Ecke fand sie eine noch nicht angebrochene Flasche und zog sie hervor. Sie hielt sie hoch in die Luft. „Ein Geschenk von dir, weißt du noch?“ Sie stellte ein Schnapsglas auf den Tisch und füllte es großzügig auf.

„Schenk dir auch einen ein. Du wirst ihn brauchen“, sagte Simone. Sie setzte das Gläschen an und trank.

„Du weißt doch, dass ich sowas nicht trinke“, wehrte Anja ab und füllte erneut ihr Glas.

Simone leerte es wieder in einem Zug und holte tief Luft. „Du hast Leichen im Keller!“

„Was?“

„Ich habe, so wie es aussah, zwei menschliche Schädel gesehen.“

Anja drehte hektisch den Verschluss der Schnapsflasche auf, schenkte sich ein und stürzte die Flüssigkeit in einem Zug hinunter. Der Alkohol rann ihr brennend die Kehle hinunter. Hustend schüttelte sie sich. Sie krächzte: „Was?“

„Ruf die Polizei, bitte“, flehte Simone.

Anja riss sich zusammen. Mit bebenden Fingern wählte sie die Nummer. „Polizei Singen“, meldete sich eine Stimme. „Ich habe einen Leichenfund zu melden“, sagte sie und gab ihre Adresse durch.

Mit Blaulicht kam ein Polizeiwagen auf den Mühlenhof gerast. Anja war während des Wartens zu Max in das Zimmer gegangen und hatte versucht, es ihm schonend beizubringen. Ihr Sohn erstaunte sie. Er nahm die Nachricht relativ gelassen auf und erklärte ihr, nachdem sie ihn darauf ansprach, dass er seit längerem darüber nachdachte, Arzt zu werden.

„So schnell sieht man sich wieder“, wurde Anja von Martin Baumann begrüßt. Simone führte die Polizisten in den Keller. Anja wollte nicht mit und hatte beschlossen zu warten. Sie hörte kurz darauf mehrere Wagen in den Hof fahren. Der Mühlenhof war erleuchtet von blinkendem Blaulicht, welches die Umgebung intervallartig erleuchtete. Draußen hörte sie verschiedene Stimmen reden und diskutieren, aber sie konnte sich nicht durchringen, hinunter zu gehen.

Ihr Magen krampfte weiterhin, und sie hatte einen säuerlichen Geschmack im Mund. Sie holte sich ein Glas Wasser und trank einen Schluck, in der Hoffnung, dass es besser werden würde. Ihre Gedanken rasten. Leichen im Keller. Wie sind sie dahin gekommen? Wer ist da gestorben und wie? Aber ihre inneren Fragen ließen sich nicht beantworten. Sie musste Geduld haben. Vielleicht würde sie nachher mehr erfahren.

Die Zeit zog sich wie Kaugummi, bis Simone mit Martin Baumann zu ihr kam. Ängstlich schaute sie ihnen entgegen und fragte leise: „Wisst ihr schon mehr?“

„Ich kann Sie beruhigen. So wie es bis jetzt aussieht, sind die Skelette schon viele Jahre alt. Die Kleiderreste, die an den Knochen hängen, deuten auf die 30er Jahre hin, aber das ist bis jetzt nur eine Vermutung und muss noch genauer untersucht werden. Ich möchte Sie bitten, nicht in den Keller zu gehen. Es ist alles da unten abgesperrt. Wir geben Bescheid, sobald Sie den Keller wieder betreten dürfen. Jetzt bräuchte ich von Ihnen beiden noch den Ablauf, wie Sie sie gefunden haben."

Martin Baumann machte sich dabei Notizen. Anja beobachtete ihn heimlich. Sein Profil gefiel ihr. Die gerade kräftige Nase, deren Nasenspitze sich beim Sprechen mitbewegte. Schade, dachte sie, ich wäre gerne mit ihm ausgegangen, aber sie getraute sich nicht, ihn zu fragen.

Viel zu schnell war er fertig und verabschiedete sich. Anja und Simone beobachten, wie die Autos abfuhren, es kehrte Ruhe und Stille auf dem Mühlenhof ein.

Endlich ist wieder ruhig geworden, dachte Anja, als sie in ihrem Bett lag. Sie war erleichtert, dass die Skelette abtransportiert waren. Was für eine Aufregung. Es nimmt kein Ende, und sie seufzte tief. Das einzig Schöne heute war, dass Martin Baumann da war, und ein kleines Lächeln huschte über ihre Gesichtszüge. Verträumt schloss sie die Augen. Er sieht sehr gut aus und dieses verschmitzte Grinsen, welches seine rauchblauen Augen heller werden ließ, gefiel ihr. Die Gedanken zu dem grausigen Fund schoben sich dazwischen. So geht das nicht, mein Kopf ist hellwach. Ich muss mich ablenken und so griff sie zu Hedwigs Tagebuch.

Wir haben einen Stammhalter bekommen. Sein Name ist Robert, er ist mein Sonnenstrahl, mein ein und alles. Die Schwangerschaft war sehr schwierig, gegen Ende durfte ich nur noch liegen. Ich bin den Roma sehr zu Dankbarkeit verpflichtet. Ihre Heilerin hat mir und meinem Sohn das Leben gerettet. Paul hat ihnen dafür das kleine Häuschen geschenkt.

Hier unterbrach Anja die Lektüre. Nun wusste sie endlich den Grund, warum Ruth auf Lebenszeit in dem Häuschen wohnen durfte. Sie ist auch eine Roma und las weiter.

Letztens habe ich unseren guten Freund erwischt, wie er mein Schmuckkästchen geöffnet hatte. Er hat komisch reagiert, als ich ihn dabei ertappt hatte. Aber was mich dabei am meisten verunsichert hat, war, dass seine Augen einen gierigen Ausdruck hatten. Deshalb habe ich es versteckt. Die Mühle läuft sehr gut, und wir haben unser Auskommen. Wir brauchen den restlichen Schmuck nicht und wenn doch, dann weiß ich ja, wo er ist.
Mein schöner Lindenbaum, den Paul für uns gepflanzt hat, ist sehr gewachsen, bald kann ich unter seinem Schatten sitzen, und ich habe mich an einem Gedicht versucht:

Die Linde von Hedwig
Süßlich duftend der Lindenbaum.
Seine Blätter Schmuck in der Au.
Im Winde rauschend braucht er Raum.

Und in die Tiefe der Wurzeln entsendet,
die Linde in der Sonne Schatten spendet.
Und des Abends der Mond in der Dunkelheit schimmert,
zwei Meter tief des Lebens goldenes Licht erinnert.

Viele Jahre sind vergangen und lange habe ich hier nicht mehr geschrieben. Gott hat mir zwei weitere Kinder geschenkt. Die Ehe mit Paul ist in den vielen Jahren intensiver geworden. Ich bin glücklich und habe hier meine Heimat gefunden. Nur eines macht mir Sorgen. Ich beobachte Robert und die Tochter der Heilerin. Sie verbringen viel Zeit miteinander. Kurz hatte ich den Gedanken, ob Magdalena von Robert schwanger ist. Habe aber keinen Beweis dafür. Magdalena ist ein wunderbarer Mensch, aber die Roma heiraten nur unter ihres gleichen. Außerdem hat Robert einem Mädchen aus dem Dorf die Ehe versprochen. Ich weiß nicht, wie er sich entscheiden wird. Die Roma ziehen bald weiter und kommen erst in ein paar Jahren wieder an diesen Ort, so hat es mir die Heilerin erzählt.

Mein Ring ist mir verloren gegangen. Paul hatte beim Goldschmied zum zehnten Hochzeitstag Ringe für uns beide anfertigen lassen. Sie stehen für unser Miteinander und die Mühle. Zwei Ähren, die sich umschlingen. Ich bin sehr traurig über den Verlust. Als Ersatz hat er mir ein Medallion geschenkt, welches dieselben Zeichen trägt, mit den Initialen H und P. Es ist aber kein Ersatz, da der Ring für die Verbundenheit von uns beiden steht.

Unsere Freunde werden immer seltsamer. Er fragt mich immer wieder nach meinem Schmuck. Selbst meine gute Freundin, seine Frau, stellte mir vorsichtige Fragen dazu. Heute Abend kommt er vorbei und möchte mit Paul etwas bereden. Ich habe ein ungutes Gefühl.

Anja blätterte weiter und stellte fest, dass die restlichen Seiten leer waren. Schade, dachte sie, es ist so schön, etwas aus Hedwigs Leben zu erfahren. Sie zog den Ring aus ihrem Ausschnitt hervor und betrachtete ihn. Zwei Ähren, die sich umarmen. Wie meine Mutter wohl zu dem Ring gekommen ist? Ihr Gefühl sagte ihr, dass dies der Ring von Hedwig war. Auch von der Größe her. Ihre Hand umschloss das Gold und sie spürte die gespeicherte Körperwärme darin. Laut sagte sie: „Hedwig hier ist dein Ring. Ich trage ihn, seit meine Eltern gestorben sind. Er ist bei mir gut aufgehoben." Der bekannte Veilchenduft zog durch ihr Zimmer, gewürzt mit einer Note von Tabak. Die Luft im Schlafzimmer fing an zu flirren und für einen kurzen Moment sah Anja zwei hellweiße Schemen, die sich verdichteten. Anja starrte darauf, bis ihre Augen anfingen zu tränen. Sie erkannte eine hellblonde hochgewachsene Frau mit strahlend graublauen Augen, unergründlich wie die Nordsee. Neben ihr ein Mann mit graublonden Haaren und einem Schnurrbart. Sie hielten sich an den Händen.

„Hedwig! Paul!“, hauchte Anja, und sie sah, wie ihre Ahnen ihr zunickten. Anja zwinkerte die Tränen weg. Der Raum war wieder leer. Ich habe sie gesehen, dachte Anja ehrfurchtsvoll und es war gar nicht gruselig. Meine Angst ist weg. Ich muss es Ruth erzählen. Ich bin nicht verrückt. Ich kann wirklich Geister sehen. Mit einem leichten Lächeln auf ihren Lippen, weil ihre Gabe sich so gut anfühlte und zu ihr gehörte, schlief sie ein.

Kapitel 16

Ruth schenkte ihr Kaffee ein. „Schön, dass du mich besuchst. Was war denn gestern bei euch los? Ich habe Polizeiwagen gehört, und ein Auto nach dem anderen ist den Weg zur Mühle gefahren.“

Anja erzählte, dass Trevor an der Wand im Keller gekratzt habe und dahinter zwei Skelette gefunden worden waren. Ruth schlug sich die Hand vor den Mund. „Das ist ja entsetzlich. Weiß man, wer sie waren? Die armen Menschen!“

„Bisher nicht. Es wird noch alles untersucht. Sobald ich mehr weiß, berichte ich dir. Aber warum ich hier bin. Meine Gabe hat sich geöffnet. Ich kann wirklich Geister sehen. Du hattest recht.“

Ruth legte ihre Hände auf Anjas Hand, die auf dem Tisch lag und drückte sie. „Das ist gut. So bist du mehr zu der geworden, die du in deinem Inneren bist. Hast du mit ihnen gesprochen?“

Anja schüttelte verneinend ihren Kopf. Ruth sah ihr forschend ins Gesicht. „Aber da ist noch mehr. Ich erkenne, dass sich dein zweites Gesicht geöffnet hat.“

„Ich weiß nicht, was du meinst.“

Ruths Augen wurden starr und für Anja sah es aus, als ob sie an ihr vorbei sehen würde. Sie war versucht, sich umzudrehen, ob etwas hinter ihr sei, aber unterdrückte den Impuls.

„Gestern hat das zweite Gesicht sich bei dir gezeigt. Es wurde geöffnet durch großes Entsetzten oder Schock“, sagte Ruth mit monotoner Stimme. „Du hast geahnt, was sich hinter der Wand befindet. Stimmt's?“

„Wenn du mich so fragst. Ja, kurz davor. Da hatte ich so ein Gefühl im Magen und am liebsten wäre ich davon gerannt.“

„Das ist es. Das Erspüren, eine Ahnung von etwas. Das zweite Gesicht wird sich noch weiter entwickeln. Allerdings ist diese Gabe zwar in dir, aber nicht so stark ausgeprägt, wie die Seelen Verstorbener zu sehen.“ Langsam strich Ruth, die immer noch die Hand von Anja hielt, über das Feuermal an ihrem Handgelenk. „Mir ist die Legende dazu eingefallen. Möchtest du sie hören?“

Anja nickte. „Ja, gerne.“

„In unserem Volk hat das Feuermal eine besondere Bedeutung. Sie nennen es auch das Mal der Liebe. Wenn zwei Menschen sich so sehr lieben, küsst der Mann die Frau an dieser Stelle, und das gemeinsame Kind, welches aus dieser Liebe entsteht, wird dieses Mal tragen, zum Zeichen, dass es aus Liebe entstanden ist."

Anja seufzte sehnsüchtig auf und vor ihren Augen erschien das Bild von Martin Baumann. „So zu lieben, das muss ein Geschenk des Himmels sein."

Ruths Blick wurde weich, sie streichelte Anjas Handgelenk. „Auch du wirst die Liebe finden. Glaube einer alten Frau", sie schmunzelte.

„Mir reicht es!", schrie Tim und kam ins Wohnzimmer gestürzt. Verständnislos schaute Anja ihn an. „Was ist denn los?", fragte sie ihren aufgebrachten Sohn.

„Mit dem Haus stimmt was nicht. Jedes Mal, wenn ich den Hahn im Bad aufdrehe, spritzt das Wasser. Die Treppe nach oben zu meinem Zimmer ist so uneben, dass ich stolpere. Nachts werde ich wach, weil meine Bettdecke am anderen Ende vom Zimmer liegt. Das Internet funktioniert nicht richtig. Ich will hier nur noch weg." Tim schaute angespannt zu Trevor, der ihn anknurrte.

„Trevor hier her, lass Tim in Ruhe", befahl Anja. „Jetzt beruhige dich, setz dich hin und trink was." Anja stellte ihm ein Glas Wasser hin.

Plötzlich sprang Tim auf. Ein nasser Fleck breitete sich auf seiner Jeans aus. „Genau das meine ich. Ich habe das Glas nicht mal angefasst. Es ist einfach umgekippt. Das Haus ist verflucht", tobte er.

„Vielleicht bist du in der letzten Zeit etwas unkonzentriert. Ein Glas kippt nicht einfach um. Wahrscheinlich bist du dran gestoßen. Sowas passiert mal“, versuchte Anja ihren Ältesten zu beruhigen.

„Ich-... will-... zu-... Papa“, sagte Tim bestimmt.

„Wie meinst du das?“

„Genauso, wie ich es sage.“

„Das kannst du nicht machen!“

„Du wirst schon sehen. Ich habe ihn vorhin angerufen. Er holt mich. In Zukunft wohne ich bei ihm. Dieses I-Phone hat er mir geschenkt. Er hat in seinem Haus mein Zimmer neu eingerichtet und einen Fernseher für mich gekauft. Er hat Netflix und Sky, und das Internet funktioniert dort. Ich gehe!“

„Bitte Tim, nein. Überlege es dir nochmal“, flehte Anja ihren Sohn mit Tränen in den Augen an.

„Werde glücklich mit deiner verdammten Mühle und deinen Leichen darin. Wie ekelhaft. Ich gehe!“

„Ich lasse die Treppe überprüfen und hole einen Verstärker für das Internet“, bettelte Anja.

Aber Tim hörte schon nicht mehr zu, da er aus dem Haus stürmte. Anja folgte ihm. Verzweiflung hatte sie erfasst. Sie verlor ihren Sohn. Halb blind vor Tränen stolperte sie ihm hinterher. Als sie draußen ankam, sah sie nur noch, wie Tim ohne zurück zu blicken in den schwarzen SUV einstieg, der wartend da stand. Jens kurbelte das Fenster hinunter. Seine kalten Augen schauten sie geringschätzig an, als er sagte: „Du hast versagt. Ich habe dir schon immer gesagt, dass du eine Versagerin bist.“ Er trat auf das Gas, so dass die Steinchen auf dem Hof in alle Richtungen spritzten und schoss davon. Anja rannte einige Schritte hinter dem Auto her, in der Hoffnung, dass Tim es sich anders überlegte. Als sie die Unabänderlichkeit ihres Verlustes erkannte, blieb sie stehen und ließ sich auf den Boden fallen. Sie schluchzte und weinte und schrie ihre Verzweiflung hinaus. Auch glaubte sie, es würde ihr das Herz zerreißen. Es tat so weh. Ihr Innerstes schien zu brennen.

Wie aus weiter Ferne hörte sie eine beruhigende Stimme sagen: „Anja, komm, steh auf.“

Aber sie konnte nicht. Ihr Körper gehorchte ihr nicht mehr. Nach dem inneren Feuer wurde ihr eiskalt. Sie hatte das Gefühl in einem Eisblock zu stecken. Ihre Zähne klapperten so stark aufeinander, dass ihre Lippe anfing zu bluten.

„Mama, bitte steh auf“, hörte sie wie durch einen Schwamm die Stimme ihres jüngeren Sohnes.

„Was sollen wir tun?“, hörte sie eine andere Stimme.

„Sie hat einen Schock. Wir müssen sie warm halten. Ich lege eine Decke um sie.“

Max schlang seine Arme um seine Mutter. Simone legte ihr die Decke um.

„Lasst mich mal ran“, sagte plötzlich die raue Stimme von Ruth.

Anja hatte das Gefühl, als würde sie alles von oben sehen. Max, der sich an sie gekuschelt hatte. Ihre Freundin, die ihr den Rücken rieb, und

Ruth, die von vorne ihre Hände auf ihren Kopf legte und Wörter in einer fremden Sprache flüsterte.

Es gab einen Ruck und Anja spürte, wie sie wieder in ihren Körper gezogen wurde. Nein, nein, das will ich nicht. Es tut so weh. Ich halte es nicht aus, versuchte sie zu sagen, aber keiner hörte sie. Sie versuchte, sich zu wehren, aber Ruth flüsterte weiter in einem monotonen Singsang, so wurde sie unaufhaltsam immer mehr in ihren Körper gezogen.

Ihr Blick klarte auf. Es gab ein Ploppen in ihren Ohren, und der Schmerz über den Verlust setzte ein.

„Atme“, sagte Ruth. „Immer weiter atmen. Du hältst es aus. Du bist stark!“

„Ich kann nicht“, kam es aus dem bebenden Mund von Anja.

„Doch du kannst. Für Max, für deine Freundin, für Trevor. Du kannst es. Auch sie brauchen dich“, sagte Ruth.

Anja konzentrierte sich auf das Gesicht der Roma. Sie sah jede einzelne Lebenserfahrungsfalte, die sich eingegraben hatte. Ruth atmete laut im Rhythmus und Anja folgte ihr. Einatmen und ausatmen. Am Anfang fiel es ihr schwer und wurde mit der Zeit leichter. Ruth löste ihre Hände von Anjas Kopf.

„Mama, du bist wieder da.“ Anja spürte den warmen Körper von Max neben sich.

„Was war das?“, fragte Simone Ruth.

Diese antwortete: „Anja hatte ihren Körper verlassen, um dem Schmerz zu entgehen. Aber durch die silberne Lebensschnur, die ihren Körper mit ihrem Geist verbindet, konnte ich sie zurückholen."

Zusammen saßen sie am Tisch. Anja fühlte sich noch etwas hölzern, zwang sich aber zu essen, was Ruth gekocht hatte, da sie mit Argusaugen bei jedem Bissen beobachtet wurde. Nach ein paar Gabeln legte sie das Besteck zur Seite.

„Essen erdet, Anja. Iss bitte zwei, drei Gabeln mehr", empfahl Ruth und Anja zwang sich dazu.

„Ich habe das Gefühl, als Mutter versagt zu haben", brach es plötzlich aus Anja heraus. „Er fehlt mir jetzt schon unendlich, auch wenn es mit Tim manchmal schwierig war."

„Die Wege sind unergründlich, haben aber ihren Sinn. Vertraue! Er ist dein Sohn. Er muss seine Erfahrungen machen, auch wenn es dir im Moment schwerfällt loszulassen. Ich weiß, wovon ich spreche, immerhin habe ich neun Kinder geboren."

Erstaunt sah Simone sie an. „Neun Kinder, das sind eine Menge. Ich wäre schon froh, überhaupt mal ein Kind zu bekommen. Aber mit dem passenden Mann hapert es", sagte Simone.

Ruth schaute sie an. Unter ihrem intensiven Blick wurde es Simone unbehaglich, und sie zog die Schultern hoch.

„Du schaust falsch. Dreh dich um und du findest ihn. Sobald die Flammen des Feuers erwachen, ändert sich alles", sagte Ruth.

„Was bedeutet das?", fragte Simone.

„Mehr darf ich dir nicht sagen. Das musst du selbst herausfinden."

„Warum schwer, wenn es einfach ginge", murmelte Simone.

Abends schaute Anja in Max' Zimmer vorbei. Er lag mit einem Buch im Bett. Anja streichelte ihm die zerzausten Haare aus dem Gesicht und sagte: „Lies nicht mehr solange. Morgen ist Schule."

Max legte sein Buch weg und umschlang sie mit seinen dünnen Armen. „Sei nicht traurig. Du hast noch mich", und rieb seine Wange an ihrer.

„Ja, ich habe noch dich", antwortete Anja, aber ihr Herz war schwer.

Kapitel 17

Es ist schon zwei Wochen her und mein Herz fühlt sich immer noch schwer an, wie eine Wunde, die nie verheilt, dachte Anja, während sie ihre Einkäufe nach oben trug. Sie hatte viele Nachrichten an Tim geschickt. An den zwei blauen Häkchen sah sie, dass er sie gelesen hatte. Aber er antwortete nicht. Auch angerufen hatte sie. Er hatte sie weggedrückt. Selbst zu Jens Haus war sie gefahren und hatte geklingelt. Niemand hatte geöffnet. Das Leben fühlte sich für sie schwer an, sie hatte einen Teil ihrer Lebensfreude verloren. Er ist mein Sohn, und ich muss darauf vertrauen, dass wir zumindest wieder Kontakt miteinander haben werden, redete sie sich gut zu.

Sie räumte die Einkaufstaschen aus. Trevor sprang an ihr hoch, voller Freude, dass sie da war. Sie gab ihm den Kauknochen, welchen sie für ihn gekauft hatte, und beobachtete, wie er leidenschaftlich daran nagte.

In ihrer Handtasche hörte sie ihr Handy klingeln. Sie holte es heraus. Eine fremde Nummer. Vielleicht hat Tim eine neue Nummer, hoffte sie und nahm ab.

Die Stimme von Martin Baumann sagte: „Frau Schneider?“

Enttäuschung breitete sich in ihr aus und gleichzeitig stieg ein Glücksgefühl in ihr auf. „Ja.“

„Wir haben neue Erkenntnisse zu den Skeletten. Ich dachte, das würde Sie interessieren. Wann kann ich heute vorbei kommen?“

„Ich bin zuhause. Jederzeit.“

„Sehr gut. Ich bin in ein paar Minuten da“, sagte er und legte auf.

Anjas Herz klopfte. Wie nahe Freud und Leid beieinanderliegen, sinnierte sie. Sie fühlte sich, als ob in ihrer Brust zwei Herzen wären. Das eine trauerte um Tim, das andere hüpfte freudig.

Schick sieht er in seiner Uniform aus, dachte sie und musterte ihn von oben bis unten, als sie ihm die Haustüre öffnete.

Trevor begrüßte ihn schwanzwedelnd und schnüffelte sein Hosenbein auf und ab. „Stimmt, Sie haben ja einen Hund. Wie heißt er denn?“

„Trevor“, beantwortete Anja die Frage.

Martin Baumann bückte sich und wuschelte ihm durch das Fell.

„Es war ein langer Tag. Bekomme ich einen Kaffee?“

„Natürlich, einen Moment. Er kommt gleich“, sagte Anja und war froh, etwas zu tun zu haben und ihre Aufregung kaschieren zu können.

Sie holte die Tasse aus dem Küchenschrank und drückte auf das Knöpfchen des Kaffeeautomaten. Anja spürte die Blicke von Martin Baumann kribbelnd in ihrem Rücken. „Und was gibt es für Erkenntnisse?“, fragte sie, um sich von diesem Gefühl abzulenken, während sie ihm die volle Tasse reichte.

Er hatte sich an den Tisch gesetzt und nahm die Tasse entgegen. Ihre Finger berührten sich dabei und wieder, wie an der Kasse, schoss ein Stromschlag von seiner Berührung durch ihren Körper. Er hielt ihre Finger fest, schaute sie mit seinen rauchblauen Augen an und ließ erst dann los. Er räusperte sich und antwortete: „Beide Schädel weisen durch stumpfe Gewalteinwirkung Bruchspuren auf. So wie es aussieht, war es Mord.“

Anja verschluckte sich an ihrem Kaffee, hustete und sagte mit belegter Stimme: „Mord!“

„Ja, es wird noch weitere Untersuchungen geben. Die Reste der Textilien werden analysiert, und die forensische Rechtsmedizin analysiert das Alter der Knochen. Auch eine DNA Analyse wird vorgenommen. Aber da habe ich wenig Hoffnung. Wir müssten zum Vergleich eine DNA Probe eines Verwandten haben, um heraus zu finden, wer die zwei sind. Das wird fast unmöglich, da wir nicht wissen wer sie sind. Da beißt sich die Katze in den Schwanz. Die Skelette stammen von einem Mann und einer Frau. Bei der Frau haben wir ein Schmuckstück gefunden. Eine Kette mit einem Medallion. Vielleicht finden wir darüber etwas heraus.

Ich habe ein paar Fragen zu dieser Mühle."

„Was wollen Sie wissen?"

„Seit wann Leben Sie hier?"

„Ein paar Wochen", antwortete Anja.

„Wissen Sie etwas über die Vorbesitzer?"

„Ja, ich habe die Mühle von einem weitläufigen Verwandten geerbt. Otto Murghoff und soweit ich weiß, war sie schon seit dem Bau 1894 im Besitz der Familie Murghoff", erklärte Anja.

Martin Baumann überlegte und rieb sich sein Kinn. Anja beobachtete seine schlanken Finger. Wunderschöne Hände hat er. Kräftig aber doch fein, wie ein Klavierspieler, dachte sie. Sie schaute in seine Augen, die sie amüsiert anschauten. Leichte Röte überzog ihre Wangen.

Er holte sein Handy hervor und zeigte ihr ein Foto. Anja sah ein schwarz angelaufenes Medallion. Es kam ihr bekannt vor. Irgendwo in ihrem Kopf klingelte es. Eine Erinnerung klopfte an, aber sie bekam sie nicht zu fassen. Dann machte es Klick in ihr, sie sprang auf und lief in ihr Schlafzimmer. Verständnislos schaute Martin Baumann hinter ihr her.

Anja kam mit dem Tagebuch von Hedwig zurück. Aufgeregt blätterte sie suchend in den Seiten, bis sie die Stelle fand und las sie nochmal durch.

„Lesen sie selbst.“ Anja drehte das Tagebuch zu dem Polizisten. Mit dem Zeigefinger zeigte sie auf eine Stelle.

„Von wem ist das Tagebuch?“, fragte er, nachdem er den Abschnitt gelesen hatte.

„Von meiner Vorfahrin Hedwig. Sie und ihr Mann Paul haben diese Mühle gebaut“, antwortete Anja.

„Und Sie sind mit ihr verwandt“, stellte er fest.

„Genau!“

„Würde es ihnen etwas ausmachen eine DNA Probe abzugeben?“

„Nein, natürlich nicht. Aber ich bin überzeugt, dass es die sterblichen Überreste der beiden sind.“ Ihr Gesicht verfinsterte sich. „Sie sind umgebracht und einfach eingemauert worden. Wer tut so was?“, fragte Anja sich selbst.

Martin Baumann zuckte mit den Schultern. „Nach so vielen Jahren wird es schwierig sein, das herauszufinden. Fast aussichtslos.“

Anja blätterte wieder in dem Tagebuch. „Hier steht, dass sie mit jemandem befreundet waren. Dieser Mann war Hedwig unheimlich. Aber sie hat leider nie seinen Namen reingeschrieben. Vielleicht war er es?“, überlegte sie laut.

„Zumindest werden wir bald wissen, ob es Ihre Vorfahren waren. Leider muss ich gehen. Die Arbeit ruft. Vielen Dank für den Kaffee.“ Er stand auf und blieb unschlüssig stehen.

Anja schaute ihn abwartend an. Sie fand es schade, dass er gleich gehen würde. Sie hatte sich noch nie so wohl in der Gesellschaft eines Mannes gefühlt. Wobei, dachte sie, ich habe da ja nicht viel Erfahrung. Er war so ganz anders als Jens. Ihr Ex kam nicht gut weg neben ihm. Sie lachte auf.

„Worüber lachen Sie?“

„Weil ich Ihnen nie eine Antwort auf die Einladung zum Essen gegeben habe.“ Sie schaute ihm in die Augen und sagte ernst: „Ich nehme die Einladung an! Wann?“

„Übermorgen habe ich zwei Tage dienstfrei. Ich hole Sie ab. 19 Uhr? Passt das?“

„Sehr gern. Ich freue mich“, antwortete Anja und begleitete ihn nach draußen. Er gab ihr zum Abschied die Hand und hielt sie länger als notwendig.

Anja stand im Kassenbüro und wog das Bargeld für die Abrechnung. Endlich Feierabend. Nachher gleich nach Hause duschen und umziehen. Hoffentlich schaffe ich es pünktlich bis 19 Uhr. Wohin wir wohl essen gehen? Ach egal. Hauptsache es wird ein schöner Abend. Anja lächelte verträumt vor sich hin. Das Wiegen des Geldes auf der Geldwaage ging ihr ganz automatisch von der Hand.

„Frau Schneider?“ Anja wurde aus ihren Träumen gerissen.

„Ja, Frau Veugtler?“, sie drehte sich zu ihr um.

„Demnächst müssen wir ein Mitarbeitergespräch führen. Ihr Jahresvertrag läuft bald aus und in der letzten Zeit waren Sie etwas unkonzentriert. Das muss sich bessern. Sie wissen ja ...“

Anja drehte die Augen nach oben. Sie war sich keiner Schuld bewusst. Ihre Kasse hatte all die Wochen gestimmt. Laut sagte sie: „Klar, kein Problem, sagen Sie mir einfach wann.“

„Ich komme auf Sie zu. Sie wissen ja, ich habe so viel Arbeit. Wahrscheinlich kann ich Ihnen erst kurzfristig Bescheid geben“, und grinste sie boshaft an.

„Natürlich“, sagte Anja laut und dachte dabei, überarbeitet hast du dich noch nie. Anja lächelte höflich zurück und ging in den Feierabend.

„Gut siehst du aus“, sagte Simone und musterte Anja. Sie hatte sich für eine schwarze Jeans mit einer Tunika in Brauntönen entschieden und dazu ein leichtes Make-up aufgetragen. Anja hörte ein Auto auf den Hof fahren. Sie drückte Simone, die ihr in das Ohr flüsterte: „Genieß es und habe Spaß“, und lief ihm entgegen.

Martin Baumann stieg aus. Er war lässig mit einer blauen Jeans und Hemd bekleidet und hielt ihr die Beifahrertür seines Autos auf. Anja sah aus den

Augenwinkeln, wie Simone den Daumen hochhielt und lächelnd nickte.

„Ich habe mir überlegt, ob es Ihnen gefallen würde, an den Bodensee zu fahren. In Sipplingen gibt es eine Pizzeria direkt an der Uferpromenade. Ich hoffe, Sie mögen italienisch?“

„Sehr sogar.“ Anja stieg ein und ließ sich in den Sitz sinken.

Entspannt saß sie in Martins Auto und genoss die Fahrt vom Hegau zum Bodensee. Die Landschaft flog an ihr vorbei und eine einvernehmliche Ruhe herrschte zwischen ihnen.

Im Restaurant angekommen hatten sie Glück und bekamen einen Tisch auf der Terrasse mit Aussicht auf den See. Sie aßen, lachten und redeten. Noch nie hatte sich Anja mit einem Mann so gut verstanden.

Nach dem Nachtisch verließen sie das Restaurant. Martin nahm sie an der Hand und zog sie mit. „Der Abend muss verlängert werden“, sagte er und lächelte sie verschmitzt an. „Wäre schade, wenn es jetzt schon vorbei wäre. Lass uns einen Spaziergang machen.“

Anja kribbelte es den ganzen Rücken herunter, als sie erkannte, dass er sie duzte. Sie nickte begeistert und so schlenderten sie an der Promenade entlang, bis sie an der Wassertreppe ankamen, dort setzten sie sich.

Anja genoss den Abend mit Martin, der Bodensee, der leichte Wellen schlug und die Sonne, die im Abendrot die weit entfernten Vulkankegel des

Hegaus beleuchtete. Sie fand es bemerkenswert, dass Martin und sie auch zusammen schweigen konnten, ohne dass es unangenehm wurde. Das war ihr schon bei der Autofahrt aufgefallen. Ihre Augen folgten den Schwänen, die auf dem Wasser ihre Kreise zogen und hinter sich hörte Anja einen Brunnen plätschern. „Was sind das für Tafeln, die hier stehen?", fragte Anja.

„Das sind Informationstafeln zum wichtigsten Wasserversorger Baden- Württembergs. Hier in Sipplingen wird Wasser aus dem Bodensee gepumpt und viele Gemeinden bis Stuttgart damit versorgt. Aber jetzt erzähl mal von dir. Was ich weiß ist, dass du zwei Söhne hast. Einen Mann habe ich nicht bei dir angetroffen, deshalb nehme ich an, du bist geschieden."

„Geschieden nicht, aber seit zwei Jahren getrennt. Tim ist sechzehn und lebt seit kurzem bei seinem Vater und Max ist vierzehn Jahre alt und eine Leseratte. Und du?"

„Meine letzte Beziehung ging vor drei Jahren auseinander. Es war eine Kollegin von mir. Sie hatte sich nach Stuttgart versetzen lassen. Eine Zeitlang haben wir eine Fernbeziehung geführt. Über kurz oder lang haben wir uns dann auseinandergelebt und uns schließlich freundschaftlich getrennt. Ich bin also zu haben", sagte er schmunzelnd.

Sie saßen eng beieinander und ihre Schultern berührten sich. Anja spürte die angenehme Wärme seines Körpers und tausend Ameisen krabbelten über ihren Rücken. Er nahm ihre Hand und hielt sie. Die Sonne versank glühend, ein Feuerwerk von Rot spiegelte sich im See. Er nahm ihr Kinn und drehte ihren Kopf zu sich. Anja schaute in seine rauchblauen Augen. Sie erkannte darin Ehrlichkeit und auch Fürsorge. Seine Hände umschlossen ihren Kopf, und er strich mit seinen Fingern über die Konturen ihres Gesichts. Anja bebte und ein Seufzer entschlüpfte ihren Lippen. Martins Gesicht näherte sich ihrem. Sie roch seinen männlichen Duft, der sie an Erde nach dem Regen erinnerte. Sein Daumen strich in einer zärtlichen Geste über ihre Lippen. Ihr Blick fiel auf seinen Mund, der unaufhaltsam näher kam, bis sie seine Lippen auf ihren spürte. Der Kuss begann sanft und schmeckte nach mehr. Mit allen Sinnen sog sie seine Nähe auf. Anja stöhnte. Seine Hände glitten zu ihrem Rücken und wanderten hinunter, bis sie sich unter ihre Tunika schoben. Der Kuss vertiefte sich. Es war nicht nur ein Kuss, sondern ein Versprechen auf mehr. Sie hatte das Gefühl zu schweben. Dieser Kuss veränderte ihre Welt.

Er zog sich zurück und strahlte sie an. Anja legte ihre Arme um ihn und zog ihn wieder näher. Der zweite Kuss war noch besser, schon vertrauter und sie wusste, sie war endlich angekommen. Die Zeit schien stillzustehen. Sie lehnte ihren Kopf an seine Schulter und seine Hand unter ihrer Tunika streichelte ihre Haut. Sanfte Gänsehaut überzog ihren Körper.

Anja schloss ihre Augen, umhüllt von der Nähe zu Martin. Leise hörte sie das Schnattern der Enten und das Pochen von Martins Herz.

Genauso hatte sie es sich erträumt. Anja öffnete ihre Augen und musterte sein Profil. Sie sog den Anblick in ihr Innerstes.

Die Dämmerung verwandelte sich in Dunkelheit und am gegenüberliegenden Ufer spiegelten sich die nächtlichen Lichter der Ortschaften im Wasser.

So fühlte sich echte Verliebtheit an. In ihrem Körper und Geist summte und vibrierte es vor Glück.

Lange saßen sie in einträchtiger Stille an der Uferpromenade, bis Martin aufstand, ihre Hand nahm und sie eng umschlungen zu seinem Auto schlenderten.

An der Mühle angekommen fragte er: „Wann sehen wir uns wieder?"

„Am Wochenende. Samstag habe ich frei."

„Sehr gut. Ich komme."

Sie verabschiedeten sich mit einem langen Kuss und Träumen für die Zukunft. Anja sah dem davon fahrenden Auto lange hinterher.

Kapitel 18

Anja richtete den Frühstückstisch. Sie war zappelig und nervös. Heute kam Martin und ihr Sohn Max würde ihn kennenlernen. Prüfend betrachtete sie den gedeckten Tisch und schob den kleinen Wiesenstrauß etwas nach rechts.

„Mama, wann kommt er? Glaubst du, er mag mich?“

Sie hatte Max gestern erzählt, dass sie jemanden kennen gelernt hatte und sie sich mehr vorstellen könnte. „Warum sollte er dich nicht mögen?“, stellte Anja die Gegenfrage.

„Weil“, überlegte Max. „Keine Ahnung.“

Anja hatte Simone auch eingeladen und so saßen sie zusammen am Tisch. Anja ließ ihren Blick über die Runde schweifen. Martin war noch nicht lange da und schon alberten er und Max miteinander, während sie frühstückten. Anjas Augen ruhten auf den beiden, sie hatte ein gutes Gefühl, welches sich aus ihrem Inneren heraus warm ausbreitete. Ihre Augen wanderten weiter und blieben bei Simone stehen. Diese beobachtete ebenfalls die ganze Szenerie und ihre Blicke trafen sich. Simone zwinkerte ihr zu und Anja verstand es als Einverständnis. Genau so hatte sie es sich immer vorgestellt. Eine Familie und die Menschen, die ihr am Herzen lagen, an einem Tisch. Ein kleiner Wermutstropfen breitete sich aus. Tim fehlte ihr. Tim fehlte auch hier bei ihnen allen. Sie hatte die Hoffnung noch nicht aufgegeben. Sie musste Geduld haben. Auch Ruth stand ihr inzwischen sehr nahe; und sie nahm sich vor, sie das nächste Mal auch einzuladen.

„Mama, hast du gewusst, dass Martin sich mit Hunden auskennt? Er möchte mir helfen, mit Trevor zu trainieren“, sagte Max begeistert und sein Gesicht leuchtete vor Freude.

„Nein, davon hatte ich keine Ahnung. Geht doch schon mal raus. Ich räume hier in Ruhe auf“, sagte sie und nickte Martin bestätigend zu.

Simone und Anja saßen auf der Bank unter der Linde. Sie beobachteten Martin und Max, wie sie versuchten, Trevor den Befehl Sitz beizubringen.

„Und wie findest du ihn?“, fragte Anja.

„Da musst du nur deinen Sohn betrachten, wie locker er sich gibt. Ist dir aufgefallen, dass er nicht mehr stottert und das nervöse Augenzwinkern weg ist?“

„Ja, und er ist gewachsen.“ Sie genoss das Gelächter der beiden, welches über den Hof zu ihnen schallte.

„Du hast so ein Glück und hast es verdient. Diese Mühle, ein toller Mann. Es konnte dir nichts Besseres passieren. Fehlt nur noch ein Mann für mich“, sagte Simone und schaute sehnsuchtsvoll in die Ferne.

„Du findest auch dein Glück, wirst sehen“, munterte Anja sie auf und stieß ihr spielerisch den Ellenbogen in die Seite.

Ein herannahendes Auto weckte Anjas Aufmerksamkeit. „Wer ist denn das?“ Sie beobachtete, wie das Fahrzeug hielt und gleich darauf zwei Männer ausstiegen. Langsam kamen sie näher. Als Anja die beiden erkannte, rief sie überrascht aus: „Das sind Herr Bräuner und Herr Wolf! Was wollen die denn hier?“

Simone sah sie fragend an.

Rasch erklärte Anja es ihr. „Es ist kompliziert. Herr Bräuner, das ist der mit der Glatze, war damals der Vorbesitzer meiner Mietwohnung. Der andere, Herr Wolf hatte von ihm die Wohnung gekauft und wurde daraufhin mein neuer Vermieter."

Kurz vor ihr blieben die beiden Männer stehen. Sie schauten sich unsicher an, um dann wieder Anja anzusehen.

„Frau Schneider, entschuldigen Sie, dass wir Sie stören", begrüßte Herr Wolf sie.

„Was führt Sie her?", fragte Anja zurückhaltend.

„Es geht um die Wohnung und um ihren Exmann", sagte Herr Wolf stockend.

Anjas Herz begann zu klopfen. „Woher kennen Sie meinen Exmann?"

„Tja, ich weiß nicht, wie ich anfangen soll." Unruhig trat Herr Wolf von einem Bein auf das andere.

„Jetzt reden Sie schon", mischte sich Simone ein, „sonst sitzen wir morgen noch hier."

Er holte tief Luft und es brach aus ihm heraus: „Ich war auf der Suche nach einer Wohnung zum Kaufen. Ein Herr Schneider kontaktierte mich. Ich hatte ja keine Ahnung, dass dieser besagte Herr Schneider ihr Exmann ist. Der Name kommt ja häufiger vor." Er hob in entschuldigender Geste seine Hände. „Er hatte mir ein unschlagbares Angebot für diese Wohnung gemacht, für einen so guten Preis, da konnte ich nicht nein sagen. Zudem ist diese Wohnung für meine Frau und mich von der Verkehrsanbindung ideal gelegen, so dass ich zuschlug. Nachdem wir eingezogen waren, hatte ich ein paar Fragen zur Wohnung. Ich trat mit Herrn Bräuner in Kontakt, wie Sie wissen, der Vorbesitzer Ihrer damaligen Mietwohnung. So kamen wir ins Gespräch." Auffordernd sah er den neben sich stehenden Mann an. „Den Rest erklären Sie bitte ..."

Verlegen rang dieser seine Hände. „Nun, es ist so, Ihr Exmann hat mich genötigt, die Wohnung zu verkaufen."

Fragend zog Anja eine Augenbraue hoch und hakte nach: „Genötigt?"

„Besser gesagt erpresst. Nun ja, ich möchte nicht ins Detail gehen, das wäre mir zu peinlich. Aber Ihr Exmann hat Wissen über mich, welches nicht an die Öffentlichkeit geraten darf. Der Deal war, ich verkaufe die Wohnung günstig und er behält sein Wissen für sich."

„Aha", kam es aus Anjas Mund.

„Außerdem hatte er mir noch verraten, dass er wolle, das Sie zu ihm zurückkommen und er einen Käufer finden würde, der Ihnen auf Eigenbedarf kündigen wird. Was ja dann auch geklappt hat", fügte er bedauernd hinzu.

„Uns war es wichtig, dass Sie dies erfahren", übernahm Herr Wolf wieder das Gespräch. „Es tut mir sehr leid, Sie unter Druck gesetzt zu haben."

Anja sah, wie die zwei Herren erleichtert waren. Ernst schaute sie die beiden an. „Diese Zeit war sehr schwierig für mich und das war mir gegenüber alles andere als fair. Sie haben meinem jüngsten

Sohn Angst gemacht. Aber ich kenne auch meinen Exmann und seine Manipulationen. Für mich ist das Ganze gut ausgegangen und schlussendlich hat mir dieser Schubser gutgetan. Ich bin hier glücklich."

Simone saß mit offenem Mund da. Als sie es bemerkte, schloss sie ihn schnell wieder und hob dann an: „Anja, das ist unglaublich. Jens hatte seine Finger im Spiel. So eine Schmeißfliege."

„Was ist denn los?", fragte Martin, der den abfahrenden Männern hinterherschaute. Anja erzählte ihm, was sie eben erfahren hatte. „So, so Erpressung. Wie heißt denn dein Ex genau?", und sein Gesicht nahm einen Polizistenausdruck an. Anja sagte es ihm. „Solange dieser Herr keine Anzeige erstattet, sind mir die Hände gebunden. Aber was ich tun kann, ist, mich mal nach diesem Jens Schneider zu erkundigen", sagte Martin und gab Anja einen Kuss.

„Was bringst du denn mit?",fragte Anja, als Simone aus ihrem Auto ausstieg und etwas aus dem Kofferraum holte.

„Hilf mir mal", sie drückte Anja eine Staffelei in die Hand. Selbst trug sie zwei Keilleinwände. „Ich habe mir überlegt, da du Schwierigkeiten hast, selbst anzufangen, bringe ich dir die Malutensilien mit und du hast keine Ausrede mehr", antwortete Simone grinsend. „Der Lagerraum braucht noch eine Verschönerung", sie stellte die Leinwände darin ab.

Anja streichelte das Holz der Staffelei, nachdem sie sie aufgebaut hatte. „Vielen Dank", sagte sie und umarmte Simone. „Ich weiß bloß nicht genau, was ich malen möchte.“

„Jetzt hast du alles da und wenn die Muse dich küsst, kannst du wenigstens gleich loslegen“, sagte Simone. „Ich muss nur wieder los, der Umbau der Werkstatt ist im Endspurt. Stell dir vor, was für ein kreativer Ort dies wird. Ich mit meiner Goldschmiede und du mit den Bildern.“ Sie schnalzte mit ihrer Zunge und schon sah Anja sie mit wehender roter Mähne davoneilen.

Anja stellte eine Leinwand auf die Staffelei. Schade, dachte sie, dass das Licht hier nicht besonders gut ist. Ihre Gedanken wanderten zu dem kleinen Mühlenhaus. Das wäre ideal von der Helligkeit her, aber die Renovierung kostete schon sehr viel und es Simone bezahlen zu lassen, kam für sie nicht in Frage. Sie war ihr dankbar, dass sie ihr so viel geholfen hatte, aber für ein Hobby Geld leihen? Nein, sicher nicht. Aber vielleicht könnte Martin einiges selbst machen. Sie überschlug, wie viel sie auf dem Konto hatte. Sollte sie an ihre Reserve gehen? Ach, das ist Unsinn. Sie war immer auf Sicherheit bedacht und schlug sich den Gedanken aus dem Kopf.

„Hallo Anja, hast du kurz Zeit?“, wurde sie aus ihren Überlegungen gerissen. Sie wendete sich von der Staffelei ab und sah Ruth an der Tür stehen. „Na klar, komm rein. Heute ist mein freier Tag und ein Kommen und Gehen hier“, antwortete sie lachend.

„Ich bleib auch nicht lange. Mir ist nur was zu der Legende eingefallen.“

Neugierig schaute Anja sie an und strich unbewusst über ihr Feuermal am Handgelenk.

„Unter meinen Vorfahren gab es eine Magdalena Reinhardt und diese hatte ein Kind mit diesem Mal.“

„Moment“, unterbrach Anja Ruth aufgeregt. „Magdalena?“

„Ja, genau. Worauf ich hinaus will, ist, dass es das Mal der Liebe nur unter uns Roma gibt, soweit ich weiß.“

Anja war wie erstarrt. Ihre Gedanken rasten. Könnte es sein ..., natürlich. Hedwig hatte von einer Magdalena geschrieben. War aus der Liebe von Robert und Magdalena ein Kind entstanden? Anja sprang auf und rannte los, um das Tagebuch von Hedwig zu holen.

„Wohin rennst du?“, rief Ruth ihr hinterher.

„Ich komme gleich wieder. Muss nur was holen.“

Als Anja mit dem Buch in der Hand zurückkam, schlug sie es auf und las Ruth die Passage vor.

„Kann es sein?“, flüsterte Ruth und kam auf Anja zu. Kurz vor ihr blieb sie stehen und sah ihr tief in die Augen. Wie hypnotisiert konnte Anja ihre Augen nicht abwenden und versank in der dunklen Tiefe von Ruths Augen. Das Mal an ihrem Handgelenk wurde heiß und tiefrot. Anja hob ihre Hand und zeigte es Ruth. Diese berührte es und in dem Moment schlugen die Herzen der zwei im Einklang.

Leise sagte Ruth, während sie Anja in den Arm nahm: „Willkommen Zuhause, willkommen in der Familie“, und in diesem Augenblick spürte Anja, was Ruth damit gemeint hatte, als sie sagte, dass die Ahnenlinien zusammen geführt werden. Das genau geschah in diesem Augenblick. Sie schaute an Ruth vorbei und sah etwas oberhalb von ihr, ein helles strahlendes Licht erscheinen, an dessen Ende eine Gestalt stand und ihr zuwinkte.

Sie löste sich von Ruth und zeigte dorthin: „Schau Ruth, siehst du den Lichttunnel. Da steht jemand und winkt, und ich höre, wie diese Frau sagt, willkommen, ich heiße Magdalena. Neben ihr erscheint ein Mann. Sie sagt, das ist Robert, die zwei nehmen sich an der Hand und drehen sich jetzt um. Sie werden heller und zerfließen mit dem Licht und der Lichttunnel verschwindet. Hast du das auch gesehen?“

„Nein, ich kann keine Geister und Seelen sehen. Endlich hat sich deine Gabe ganz geöffnet. Du hast das Licht gesehen, dorthin werden die Geister aus der Zwischenwelt geführt“, erklärte Ruth.

Mit leuchtenden Augen schaute Anja nochmals dahin. „Das Licht war so einladend warm und wunderschön“, sie umarmte Ruth nochmals. „Ich habe sie gehört. Jetzt kann ich mit Hedwig und Paul sprechen. Vielleicht finde ich heraus, was ihnen zugestoßen ist.“

Anja rief laut: „Hedwig, Paul, ich kann euch hören!“

„So funktioniert das nicht, du musst sie bitten“, riet Ruth ihr.

„Bitte zeigt euch“, sagte Anja und wartete ab. Nach einer Weile schlug ihre Freude in Enttäuschung um. Sie sah nichts, sie roch nichts und sie hörte nichts. Fragend schaute sie Ruth an. „Warum zeigen sie sich nicht?“

„Keine Ahnung. Vielleicht weil ich hier bin. Vielleicht sind sie nur einfach dickköpfig und wollen sich nur dann zeigen, wenn sie wollen. Jeder Geist hat seine eigenen Charakterzüge“, sagte Ruth.

Kapitel 19

„Max, hast du alles?“

„Ja“, antwortet Max und schulterte den Rucksack.

„Du weißt, du musst nicht. Du bist in dem Alter, wo du alleine entscheiden darfst“, sagte Anja und begleitete Max nach unten auf den Hof.

„Ist schon ok, ich habe Papa seit Tim weg ist nicht mehr gesehen. Außerdem wollte ich auch mit meinem Bruder reden. Vielleicht hilft es.“

Anja wollte ihm durch die Haare wuscheln, so wie sie es immer getan hatte, hielt aber inne. Ihr Jüngster war in den letzten Wochen größer geworden. Auch seine Stimme meinte sie, klang tiefer. Er ist auf dem Weg zum Erwachsenwerden, dachte Anja wehmütig und sah Jens schwarzes Auto auf den Hof fahren.

Hoffnungsvoll versuchte sie, durch die getönten Scheiben zu sehen, ob Tim auch dabei war. Aber sie sah nur ihren Exmann, der Anstalten machte auszusteigen.

Jens begrüßte Max mit Handschlag und sagte zu seinem Sohn: „Steig schon mal ein, ich komme gleich."

Anja musterte ihren Ex. Er trug Anzug und Krawatte. Sein Haar trug er seit Jahren nach hinten gegelt, was seine harten Gesichtszüge betonte. Er schüttelte sein Handgelenk, damit seine goldene Rolex ja sofort auffiel. Er hat sich keinen Deut verändert. Immer noch so arrogant wie eh und je, dachte Anja. Abwartend stand sie da und schaute ihm direkt in die Augen.

„Ich habe gehört, du hast einen Neuen?", sagte er und kam immer näher. Anja spürte die Bedrohung und trat einen Schritt nach hinten. Dann packte er sie an der Hand und zog sie zu sich.

„Aua, du tust mir weh."

Überraschenderweise lockerte er seinen Griff und schlang seinen Arm um ihre Taille. Anja versuchte, sich herauszuwinden, aber seine Arme umklammerten sie wie Stahlseile. Er hob sie hoch. Sie spürte, wie seine Hände herab wanderten und sie am Hintern festhielten. Hilflos strampelte sie. Daraufhin ließ Jens sie langsam an sich hinunter gleiten. Auf Augenhöhe hielt er an und durchbohrte sie mit seinen eisblauen Augen. Langsam neigte er seinen Kopf auf sie zu. Anja legte ihren Kopf weit in den Nacken, weil sie ahnte, was er vorhatte. Mein Gott, was tut er, dachte sie. Der Ekel biss sich in ihrem Körper fest. Ihr Blut hämmerte durch ihre Adern und in ihrem Inneren schrie es laut Gefahr. Hart drückte er seinen Mund auf ihren, so dass Anja das Gefühl hatte zu ersticken. Sie hörte, wie ein Auto heranfuhr, scharf bremste und sich wieder entfernte. Aus den Augenwinkeln erkannte sie das Auto von Martin. In ihrer Verzweiflung biss Anja Jens in die Lippe, so dass er sie schlagartig los lies. Sie taumelte nach hinten und holte Luft.

Das war Martin, dachte sie verzweifelt. Es muss für ihn so ausgesehen haben, als ob ich was mit einem anderen Mann hätte. Sie ließ ihren Ex stehen. Dieser fluchte und versuchte, sich das Blut von seiner Lippe zu wischen. Sie drehte sich um, rannte ins Haus und schlug die Tür zu. Mit wackeligen Beinen und zitternden Händen holte sie ihr Handy und wählte Martins Nummer. Es klingelte. Martin nahm nicht ab. Sie schrieb ihm eine Nachricht, um zu erklären, was er gesehen hatte. Anja sah, dass er sie gelesen hatte, aber es kam keine Antwort. Sie versuchte, nochmals anzurufen. Wieder nahm er nicht ab. Verzweiflung überkam sie. Die Tränen liefen ihr heiß über das Gesicht. Sie hatte ihn verloren. Jens musste es gewusst haben, dass er kommt. Er hat es mit Absicht gemacht. Kalte Wut packte sie.

Viele Stunden, viele Tränen und viele Rachepläne später klopfte sie bei Simone und erzählte ihr, was geschehen war.

„Weißt du was, schreib ihm einen Brief. Schreib ihm alles, was du bisher mit Jens erlebt hast. Schreib dir alles von der Seele. Schreib ihm über dein Leben."

„Meinst du wirklich? Ich wollte das Thema Jens nicht gleich am Anfang in der Beziehung zu Martin haben."

„Das kann ich verstehen und eigentlich hast du Recht. Bei einem normalen Ex wäre das richtig. Aber nicht bei Jens, mit seinen Spielchen und Machenschaften, da sollte Martin besser Bescheid wissen."

Kaum zurück in ihrer Mühle, setzte sich Anja hin und schrieb sich alles von der Seele. Über ihre Kindheit, über ihr Leben mit Jens und was er gesehen hatte, über ihre Vorfahren und ihre Fähigkeit Geister zu sehen. Mit jeder Seite wurde ihr leichter.

Gleich Montag bringe ich den Brief zur Post, nahm sie sich vor.

Abends kam Max wieder nach Hause. Anja sass am Tisch und schaute aus dem Fenster. Von hinten trat er an sie heran, legte seinen Kopf auf ihre Schulter und sagte: „Mama!"

„Ja, schön du bist wieder da."

„Ich habe mit Tim gesprochen, hat aber leider nichts gebracht."

„Trotzdem danke, dass du es versucht hast." Anja drehte ihren Kopf zu ihm und gab ihm einen Kuss auf die Wange.

Anja schleppte sich zur Arbeit. Sie war vorher bei der Post vorbei gegangen und hatte den Brief an Martin aufgegeben. Als sie das Kassenbüro betrat, sah sie eine neue Kollegin, die gerade von Frau Veugtler eine Kassenschublade entgegennahm.

„Darf ich ihnen Frau Lind vorstellen. Sie hat heute ihren ersten Tag", sagte ihre Chefin mit einem wölfischen Grinsen. Anja gab der Kollegin die Hand und stellte sich vor. Stirnrunzelnd blickte Anja ihr nach, als diese das Büro verließ. Soweit sie wusste, waren sie im Team gut besetzt. Frau Veugtler schaute sie lauernd an. Anja wandte sich ihr zu. „Ist es das, was ich denke?"

„Was denken Sie denn?", antwortete ihre Chefin mit einer Gegenfrage.

„Mein Arbeitsvertrag läuft bald aus und Sie übernehmen mich nicht."

„Gut beobachtet. Genau so ist es. Ich bin mit Ihrer Arbeitsleistung nicht zufrieden und unser Markt übernimmt sowieso in den seltensten Fällen in unbefristete Verträge."

Anja stand wie erstarrt da. Ihre Hände wurden eiskalt, sie hatte das Gefühl, ein großes Loch im Boden würde sich auftun und sie mitreißen.

„Was stehen Sie da, auf an die Kasse", befahl Frau Veugtler ungerührt.

Anja stakste wie eine Marionette einen Schritt nach dem anderen auf ihre Chefin zu. Ihr Blickfeld verengte sich und sie sah nur das hämisch grinsende Gesicht von Frau Veugtler vor sich. Sauer stieg ihr der Mageninhalt hoch. Sie versuchte, es zurückzuhalten, aber mit einem Schwall erbrach sie sich auf den ausladenden Busen ihrer Chefin. Sie würgte, bis nur noch Galle hervorkam. Es war einfach alles zu viel. Diese Achterbahn an Gefühlen. Freude, Leid und nochmals Leid. Als der Würgereflex vorbei war, murmelte Anja, bevor sie aus dem Kassenbüro stürmte: „Ich bin krank. Sie bekommen heute noch meine Krankmeldung“, und ließ ihre Chefin bespritzt mit ihrem Mageninhalt stehen.

Anja war froh, ihre Freundin zuhause anzutreffen. Sie war beim Arzt gewesen und der hatte sie erst einmal für zwei Wochen krankgeschrieben, nachdem sie ihm alles erzählt hatte. Er hatte auf sie beruhigend eingeredet und ihr erklärt, dass selbst eine wochenlange Krankmeldung aufgrund von Mobbing kein Problem wäre.

Simone lachte Tränen, während Anja ihr von ihrem Missgeschick erzählte. „Du hast was?“, fragte Simone nochmal und Anja antwortete: „Die Veugtler angekotzt.“

„Das war das Beste, was du jemals getan hast“, versuchte Simone Anja zu beruhigen, als sie sah, wie diese mit den Tränen kämpfte.

„Mal ehrlich. Die zahlen einen Hungerlohn.“

„Du hast Recht. Aber ich brauche das Geld, das Arbeitslosengeld wäre viel zu wenig. Ich brauche dringend eine neue Stelle. So schnell wie möglich.“ Innerlich bebte Anja, so stark war ihr Mangelgefühl, ihre Angst vor der Zukunft.

„Jetzt sag ich dir mal was. Du könntest soviel Geld mehr verdienen, wenn du Mut hättest.“ Simone sprang auf, nahm ein Bild von der Wand und legte es vor ihre Freundin.

„Sei nicht böse, aber ich habe das Bild, welches du für mich gemalt hast einem befreundeten Galeristen gezeigt. Er war begeistert. Ich habe es ein paar Tage bei ihm gelassen und der hat es einem guten Kunden gezeigt. Dieser wollte es sofort haben und war bereit, zweitausend Euro dafür zu bezahlen. Da staunst du was! Doch dieses Bild ist nicht verkäuflich, dafür aber andere Bilder von dir, wenn du endlich wieder anfangen würdest mit Malen.“

„Ist das dein Ernst? Zweitausend Euro!“

„Ja genau.“

Ist das eine Chance, überlegte Anja. Ihr Herz sagte ja, aber ihr Verstand antwortete, es ist kein regelmäßiges Einkommen. „Aber solange ich krankgeschrieben bin, könnte ich malen“, lenkte Anja ein und fühlte sich gleich besser, da sie nun endlich eine Entscheidung getroffen hatte.

„Das ist doch schon mal ein Anfang. Komm, lass uns mehr Leinwände kaufen gehen.“

Kapitel 20

„Was meinst du? Ich habe mir überlegt, die Linde im Hof zu malen“, sagte Anja ein paar Tage später zu Simone. „Es ist eine gute Ablenkung von meinem Liebeskummer, und dass Gedicht von Hedwig hat mich inspiriert.“

„Welches Gedicht?“, fragte Simone.

„Stimmt, das weißt du gar nicht. Hedwig hat in ihr Tagebuch ein Gedicht geschrieben. Ich lese es dir vor.“ Anja nahm das Buch vom Tisch und schlug es bei der entsprechenden Seite auf. Laut las sie die Zeilen und Simone hörte gespannt zu.

„Lass uns zur Linde gehen und dann lies es bitte nochmal.“

Erstaunt sah Anja Simone an. „Ok, das verstehe ich jetzt nicht, aber wenn du meinst.“

An der Linde angekommen untersuchte Simone den Stamm, während Anja das Gedicht mehrmals laut vorlas.

„Was machst du da eigentlich?“, fragte Anja.

„Ich untersuche die Borke. Menschen haben schon immer gerne Zeichen in die Rinde geritzt, und dieses Gedicht kommt mir wie ein Rätsel vor“, antwortete Simone und untersuchte weiter Stück für Stück den Stamm.

Nach der Erklärung von Simone fiel es Anja wie Schuppen von den Augen. „Na klar, Hedwig hat den Schmuck versteckt, und das Gedicht als Hinweis verfasst." Voller Begeisterung half Anja Simone und sagte: „Schau nach einem Sonnen- oder Mondsymbol."

Nach längerem Suchen fanden sie ein kaum noch erkennbares eingeritztes Zeichen.

„Könnte eine Mondsichel darstellen", überlegte Anja.

„Und von hier aus zwei Meter", sagte Simone und lief bis zu diesem Punkt. Sie stampfte mit dem Fuß auf die Stelle. „Hier graben wir."

„Könnte aber auch sein, das sie zwei Meter tief graben meint", wendete Anja ein.

„Das glaube ich nicht. Für eine Frau, heimlich zwei Meter tief zu graben, ist viel zu anstrengend", argumentierte Simone.

Nachdem Anja eine Schaufel geholt hatte, fing sie an zu graben. Das Loch wurde tiefer und Anja, die mit dem Schaufeln dran war, machte eine kurze Pause. Sie rieb sich ihre Hände, die von der ungewohnten Arbeit brannten. Der Schweiß lief ihr über die Stirn in die Augen, da die Sonne heiß vom Himmel brannte. Kein Lüftchen der Abkühlung regte sich. Sie strich sich ihre Haare aus dem Gesicht und hinterließ einen Schmutzstreifen, der sich quer über ihre Wange zog. Schnaufend stützte sie sich auf den Schaufelstiel. „Ich weiß nicht, eigentlich müssten wir tief genug sein." Stirnrunzelnd betrachtete sie die Entfernung vom Baum bis zum Loch. Irgendwas stimmte nicht. Sie ließ den Schaufelstiel los und ging zu der Linde zurück. Sie machte zwei Schritte in Richtung auf das gegrabene Erdloch zu und stand einen halben Meter weit weg. Anja schlug sich mit der Hand an die Stirn und hinterließ auch dort einen Schmutzfleck. „Ja klar, du bist kleiner und dadurch ist deine Schrittlänge kürzer. Hedwig muss größer gewesen sein, was ja typisch für das Friesenvolk ist.“

Sie übergab Simone die Schaufel und sagte: „Du bist dran. Ich bin total fertig.“

Simone drehte ihre roten Locken zu einem Knoten, nahm die Schaufel und stach damit energisch in die Erde. Fasziniert beobachtete Anja sie, die wallenden Ärmel schwangen mit jedem Schaufelhub mit.

Nach mehreren Aushüben gab Simone erschöpft auf und sagte: „Ich hole was zum Trinken. Mach du weiter.“ Ungläubig sah Anja ihrer davon eilenden Freundin hinter her. Seufzend übernahm sie und nahm alle Kraft zusammen.

„Da ist was!“, rief Anja schnaufend. Sie war auf etwas Hartes gestoßen. Mit den Fingern tastete sie es ab und fühlte eine eckige Form. Vorsichtig räumte sie die Erde um den Gegenstand weg. Als sie es freigelegt hatte, hob sie einen rechteckigen Gegenstand, eingewickelt in ein Öltuch aus dem Loch. Behutsam legte sie es vor sich hin und wickelte es aus. Anja strich mit ihren Fingern über die verwitterte Oberfläche des Holzdeckels. Ganz leicht spürte sie die Unebenheiten des Musters, welches kaum noch erkennbar war. Sie klappte den Deckel auf und hörte neben sich Simone, die scharf einatmete, und erschrak. „Ich habe dich gar nicht zurückkommen gehört“, sagte Anja vorwurfsvoll.

„Das ist ein Vermögen“, hauchte Simone. Mit ihrer Fachkunde erkannte sie sofort den enormen Wert des Schmuckes, der in dem Kästchen lag. Anja sah Goldschmuck mit Diamanten, Perlen und verschiedenen roten und blauen Edelsteinen.

Simones sommersprossige Hand nahm einen Ring und hielt ihn vor ihr Auge. „Meine Lupe!“, rief sie und rannte zu ihrer Scheune.

„Anja, das ist ein Rubin und das Gold 24 Karat“, rief sie, nachdem sie den Ring durch die Lupe betrachtet hatte. Nach und nach nahm Simone ein Schmuckstück nach dem anderen in die Hand und betrachtete es mit Kennerblick. Immer wieder suchte sie den Stempel und erklärte Anja, dass sich darin Schmuck aus 14 Karat und 24 Karat Gold, Saphire, Rubine und Diamanten von sehr hoher Qualität befinden.

„Anja, du hast ausgesorgt“, jubelte sie. „Nie mehr musst du an die Kasse und du hast Zeit, Bilder zu malen.“ Sie nahm ihre Freundin und tanzte mit ihr durch den Hof.

„Und weißt du, was das Beste ist? Ich habe Experten an der Hand, um den Schmuck genau schätzen zu lassen, zudem auch interessierte Käufer dafür. Lass uns den Schmuck gleich in meinem Safe unterbringen, damit der Schatz sicher ist.“

Anja und Simone betraten Simones Wohnung in der Scheune. Im Wohnzimmer zog

Simone einen bunten Teppich beiseite und holte einen Schlüssel aus ihrer Hosentasche. Diesen steckte sie in das Schlüsselloch im Boden.

„Davon weiß ich gar nichts? Du hast einen Safe im Boden einarbeiten lassen“, sagte Anja erstaunt.

„Ja, von einem guten Freund einbauen lassen. Sicher ist sicher“, sagte Simone und schnalzte mit ihrer Zunge. „Als Goldschmiedin habe ich mit Gold, Silber und Edelsteinen zu tun, dies kann ich nicht offen herum liegen lassen.“ Sie legte das Holzkästchen in den Hohlraum, klappte die Luke zu und verschloss sie wieder.

„Geschafft, endlich habe ich die Bauabnahme vom Baurechtsamt hinter mir und kann von hier aus arbeiten, ohne hin und her zu fahren“, sagte Simone zu Anja und schloss die Tür von ihrer Goldschmiedewerkstatt zu. „Ich fahre zu Herrn Bauer, um die Rechnungen von ihm einzusehen und zu bezahlen. Kommst du mit?“

„Gerne, dann komme ich ein bisschen raus. Seit ich nicht mehr arbeite, habe ich Zeit ohne Ende. Es ist ungewohnt, so entschleunigt zu leben“, sagte Anja und stieg in Simones Mini Cooper.

„Warte kurz“, rief sie plötzlich, „da vorne kommt das Postauto. Ich habe ein paar Farben bestellt. Vielleicht sind sie heute dabei.“ Anja sprang aus dem Auto und lief dem Postboten entgegen.

Gleich darauf kam sie mit einem Päckchen und Briefen in der Hand zurück.

„Können wir jetzt endlich los“, quengelte Simone. „Ich muss nachher in die Werkstatt und dringende Aufträge fertigstellen.“ Sie gab Gas und fuhr los.

Anja saß neben ihr und schaute ihre Post durch. „Ein Brief von der Staatsanwaltschaft“, murmelte sie und riss den Umschlag auf. Sie überflog die Zeilen. „Mensch Simone, hier ist die DNA Analyse und damit der Beweis, dass die Knochen von Hedwig und Paul sind. Sie stellen das Verfahren ein, da der Mord zu lange zurückliegt und es nach dieser Zeit unwahrscheinlich ist, dass der Mörder noch lebt.“ Anja verzog ihre Mundwinkel nach unten. „Das heißt, der Mord bleibt ungesühnt“, sagte sie traurig und wischte sich eine Träne weg, die ihre Wange hinunter kullerte. „Aber wenigstens kann ich sie beerdigen, sobald die sterblichen Überreste frei gegeben werden.“

„Weißt du was! Wir machen eine schöne Trauerfeier daraus“, versuchte Simone ihre Freundin zu trösten. „So, wir sind gleich da.“ Simone bog rechts ab und parkte ihr gelbes Cabrio vor dem Sitz der Baufirma von Herrn Bauer.

Anja hielt ihre Freundin am Ellbogen fest, als diese aussteigen wollte. „Du Simone, ich habe mir überlegt, jetzt da ich bald mehr Geld habe, würde ich gern das kleine Mühlenhaus als Malatelier umbauen lassen. Was meinst du dazu?“

Simone strahlte Anja an und ihre Sommersprossen hüpften auf ihrer Nase. „Wow, das ist super. Du weißt, da steh ich voll hinter dir. Ich hatte dir ja schon mal gesagt, dass es mit dem hellen Licht im Raum perfekt dafür ist. Dann können wir das nachher gleich mit Herrn Bauer besprechen. Der wird sich wieder die Hände reiben, weil er den nächsten Auftrag von uns bekommt."

Sie betraten das Büro. Nachdem sie sich begrüßt hatten, reichte Herr Bauer Simone die Rechnungen. Diese beugte ihren roten Lockenschopf darüber und überflog die Zahlen.

Um sich die Wartezeit zu verkürzen, ließ Anja ihren Blick schweifen und betrachtete die alten sepiafarbenen Bilder an den Wänden. Sie liebte alte Fotografien. Eine davon zeigte ein Ehepaar und wie Herr Bauer erzählt hatte, waren dies die Gründer seiner Baufirma. Sie stutze, beugte sich nach vorne und kniff ihre Augen zusammen. Auf diesem Bild war ihr schon einmal etwas aufgefallen, aber damals hatte sie den Gedanken nicht fassen können. Nun machte es in ihr Klick und der Kreis schloss sich. Fassungslos lehnte sie sich zurück. Sie musste das Bild abfotografieren. Aber wie, ohne das es auffiel? Wie bekomme ich den Bauer aus seinem Büro, überlegte sie. Vor Anspannung biss sie sich auf die Lippen.

Plötzlich spürte sie in ihrer Seite einen Stoß. Anja zuckte zusammen. Simone flüsterte ihr zu: „Du wolltest doch auch noch was mit Herrn Bauer besprechen", und schaute sie mit fragenden Augen an.

Anja hatte nicht bemerkt, dass beide sie abwartend ansahen. „Nun ja“, stotterte sie und fuhr sich mit schweißnassen Händen über ihre Schenkel. Dann stieß sie hervor: „Könnte ich ein Glas Wasser haben?“

„Natürlich“, beflissen stand Herr Bauer auf und verließ sein Büro.

Endlich, dachte Anja und holte ihr Handy aus der Tasche. Sie sprang auf, rannte auf die andere Seite des Schreibtisches und fotografierte das Bild ab. Schnell steckte sie das Smartphone in die Hosentasche und im letzten Moment, bevor Herr Bauer mit dem Glas Wasser den Raum betrat, saß sie wieder auf ihrem Platz. Simone, die die Aktion beobachtet hatte, zog eine Augenbraue hoch, sagte aber nichts.

„Hier Ihr Wasser, bitteschön.“ Herr Bauer stellte es vor Anja hin. Er setzte sich und rieb sich die Hände. „Sie wollten noch was mit mir besprechen? Der Umbau des kleinen Mühlenhauses?“

Anja fasste sich mit der Hand an die Stirn. „Entschuldigen Sie, aber mir ist nicht wohl. Eine beginnende Migräne. Ich würde die Besprechung gerne verschieben.“ Sie schob ihren Stuhl nach hinten und erhob sich.

Simone, die sie verwundert anschaute, reagierte. „Ja, du siehst blass aus. Herr Bauer, wir kommen ein andermal“, sie packte Anjas Arm und schob sie hinaus. Am Auto angekommen zog sie wütend ihre Augenbrauen zusammen. „Was sollte das? Du willst einen Rückzieher machen, stimmt’s?“

„Steig ein und fahr sofort los. Ich erkläre es dir. Nur weg von hier!“

Während Simone losfuhr, drehte sich Anja um, um zu überprüfen, ob Herr Bauer ihnen gefolgt war. Erleichtert darüber, ihn nicht zu sehen, lehnte sie sich im Sitz zurück.

„Ich bin echt enttäuscht von dir. Welche Ausrede hast du diesmal? Am Geld kann es nicht liegen“, schimpfte Simone und hielt das Lenkrad so fest umklammert, dass ihre weißen Knöchel hervorstachen.

„Halt die Klappe und fahr hier rechts ran“, befahl Anja mit fester Stimme.

Kaum hatte Simone angehalten, zog Anja ihr Handy hervor und öffnete das Bild, welches sie vorher abfotografiert hatte. „Schau hin, fällt dir was auf?“ Sie reichte ihr das Handy.

Simone zog ihre Brille vom Kopf und setzte sie auf. „Was meinst du? Das sind die Vorfahren von Herrn Bauer“, und zuckte mit den Schultern.

Anja beugte sich zu Simone und zog mit ihren Fingern das Bild größer, so dass die Hand des Mannes auf dem Foto besser zu sehen war. „Siehst du das? Erkennst du ihn?“

„Natürlich, das ist derselbe Ring, den du an deiner Kette trägst. Aber wie kommt er auf das Foto?“

„Es gab zwei davon. Den von Hedwig habe ich und das muss der Ring von Paul sein. Weißt du, was das heißt?“

„Nein, keine Ahnung“, antwortete Simone und sah weiter auf Anjas Handy.

„Dieser Mann auf dem Bild ist der Mörder von Hedwig und Paul“, rief Anja. „Das müssen die Freunde von ihnen gewesen sein, und er hat, nachdem er beide erschlagen hat, den Ring gestohlen. Wie soll er sonst daran gekommen sein? Diese Ringe stehen für das Eheversprechen, das sich Hedwig und Paul gegeben hatten und ich kann mir nicht vorstellen, dass Paul ihn freiwillig hergegeben hat. Das ist der Beweis“, schrie Anja.

Simone hielt sich die Ohren zu. „Schrei nicht so laut. Deshalb wolltest du gehen?“

„Ja genau und den Umbau lasse ich sicherlich nicht von dem Bauer machen.“

„Und jetzt? Was hast du vor?“

„Wir fahren zur Polizei. Dies ist ein Indiz, und der Mord wäre aufgeklärt.“

„Du weißt aber schon, dass du auf Martin treffen könntest“, meinte Simone. „Hat er sich, nachdem du ihm den Brief geschickt hattest, gemeldet?“

Anjas Augen bekamen einen traurigen Ausdruck. „Nein“, sagte sie knapp. „Aber dieser Hinweis ist wichtig. Da muss ich durch.“

Simone hob ihre Hand und drückte voller Mitgefühl Anjas Schulter. „Ich bin dabei. Wird schon gut gehen.“

Sie fuhr an, um nach Singen zur Polizeistation zu fahren.

Dort angekommen hatten sie Glück. Direkt vor der Polizeibehörde fanden sie eine Parklücke und stiegen aus.

„Was macht ihr hier?“, wurden sie begrüßt, als sie das Büro von Martin Baumann betraten.

Mit wackeligen Beinen setzte sich Anja und schlug sie übereinander, um das Zittern unter Kontrolle zu halten. „Wir haben einen Beweis gefunden, wer der Mörder von Hedwig und Paul war“, schoss es aus Simone hervor. „Und da du den Fall geleitet hast, blieb uns nichts anderes übrig, als in deinem Büro zu erscheinen“, sagte Simone schnippisch.

„Der Fall ist zu den Akten gelegt und den wieder aufzurollen, macht wenig Sinn. Es ist unwahrscheinlich, dass der Mörder noch lebt“, sagte Martin abwehrend.

„Aber mir ist es wichtig. Für mich persönlich. Mich stört einfach, das es ungeklärt ist und das möchte ich ändern.“ Anja war über sich selbst überrascht, wie fest und klar ihre Stimme klang.

Martin lehnte sich nach vorne und schaute ihr forschend in die Augen. Anja hielt seinem Blick stand, holte ihr Handy hervor und zeigte ihm das Foto. Dann nahm sie ihre Kette mit dem Ring ab und legte es vor ihn hin.

Als Martin das Foto sah, schaute er überrascht auf. „Das Bild kenne ich. Es hängt im Büro meines Stiefvaters.“

„Stiefvater?“, rief Anja und sah Simone an. Diese sah erstaunt zurück.

„Jetzt bin ich aber gespannt“, sagte Martin. Er lehnte sich zurück und verschränkte die Arme hinter seinem Kopf. „Erzähl!“

„Dieser Ring auf dem Bild ist das Gegenstück zu meinem Ring. Beide Ringe gehörten Hedwig und Paul. Dies muss Pauls Ring gewesen sein und nur der Mörder kann ihn genommen haben“, erklärte Anja und erzählte ihm von Hedwigs Tagebuch, dem Freund und dem Schmuck.

Bei dem Wort Schmuck ruckte Martin hoch und lief im Büro hin und her. Er murmelte: „Kann das sein ...?“

Simone, die ganz still dabei gesessen hatte, fragte nun: „Martin, was geht in deinem Kopf vor?“

Er setzte sich auf die Schreibtischkante und begann: „Also, Herr Bauer ist mein Stiefvater. Meine Mutter heiratete ihn, nachdem mein Vater verstorben war. Ich habe mich in dieser Familie nie besonders wohl gefühlt und habe seit längerer Zeit keinen Kontakt mehr zu ihm und meinen Stiefgeschwistern. Meine Mutter hat sich inzwischen getrennt und lebt im Seniorenheim. Immer wieder hat er von einem Versprechen, einem Eid oder war es ein Schwur, ich weiß es nicht mehr so genau, gesprochen und von einem Schatz, welchen er finden muss. Abends ist er oft für Stunden verschwunden und kam schlecht gelaunt zurück. Ich habe ihn für einen komischen Kauz gehalten. Als er erfahren hat, dass ich zur Polizei gehe, gab es einen riesigen Streit und seitdem haben wir keinen Kontakt mehr. Ja, es passt alles zusammen. Lasst mich mal nachdenken. Er hat noch was zu der Mühle erzählt.“

Stille breitete sich aus, Anja und Simone warteten schweigend ab.

„Jetzt fällt es mir wieder ein. Es ging das Gerücht, dass die Murghoff Müller bei einem Unwetter ums Leben gekommen seien. Man hatte sie nie gefunden. Die Aach führte durch die Regenmassen Hochwasser und man vermutete, dass sie ertrunken waren, was ich damals schon komisch fand. Ich hatte einfach immer das Gefühl, dass etwas nicht stimmte, doch ich konnte es nie festmachen, was es war. Heute nenne ich es meine Polizeispürnase." Er fuhr sich durch die Haare. „Das mit dem Ring ist ein Indiz. Die zwei Personen auf dem Foto Gottlieb und Adelhaid Bauer sind tot. Aber meinem Stiefvater werde ich auf den Zahn fühlen. Er weiß mehr." Martin schaute Anja an und sagte: „Zumindest haben wir eine Chance auf Aufklärung."

Anja fühlte Erleichterung in sich. Er würde ihr helfen. Aber wie meinte er das mit Aufklärung? Sein Tonfall hatte sich zweideutig angehört und Hoffnung keimte in ihr auf.

„Da der Fall offiziell abgeschlossen ist, lehne ich mich weit raus. Ich würde sagen am Sonntag, also in fünf Tagen treffen wir uns vor dem Haus von Rudolf Bauer und stellen ihn zur Rede." Er schaute von Anja zu Simone, die beide bestätigend nickten.

Sie verabschiedeten sich. Anja war schon fast zur Tür hinaus, drehte sich aber nochmal um und ihre Blicke trafen sich. Leise sagte sie: „Bis Sonntag", und verließ mit Simone die Polizeibehörde.

Kapitel 21

Am Abend saß Anja alleine am Esstisch. Max schlief schon, als sie in Hedwigs Tagebuch blätterte. Ihre Gedanken hielten sie wach. In den letzten Wochen war so viel geschehen. Sie bekam es kaum sortiert. Trevor schnarchte in seinem Hundebett vor sich hin. Durch das geöffnete Fenster hörte sie das Rauschen des fließenden Wassers, welches den Fluss hinab strömte. Die Mühlenräder klapperten gleichmäßig vor sich hin. Sie hatte den Schmuck gefunden. Von ihrer mütterlichen Seite her ist sie mit Ruth verwandt. Ein warmes Gefühl breitete sich in ihr aus. Ruth war wie eine Oma für sie. „Wie wohl der Ring von Hedwig zu meiner Mutter gelangt ist?“, stellte sie sich laut die Frage.

„Das kann ich dir beantworten“, hörte sie plötzlich eine Stimme.

„Wer spricht da?“, fragte Anja mit zittriger Stimme. Ein Schauder lief ihr den Rücken hinunter, da sie niemanden sah. Vor ihr materialisierte sich aus dem Nichts eine Frau, die ihr gegenüber saß. Groß und schlank, mit nordisch hellen Haaren und Augen in der Farbe der Nordsee. Anja schaute neugierig in ihr Gesicht. Die schmalen Gesichtszüge erinnerten sie an sich selbst, wenn sie sich im Spiegel betrachtete.

Anja sagte nur: „Hedwig!“

„Ja, meine Liebe, schön, dass du mich endlich länger sehen kannst.“ Während Hedwig diese Worte sprach, breitete sich der für Anja bekannte Veilchenduft aus. „Und wo ist Paul?“ Anja drehte ihren Kopf suchend umher.

„Hier“, kam eine tiefe Stimme und hinter Hedwig erschien ein großer Mann mit breiten Schultern, der genüsslich an seiner Pfeife sog. Anja zog ihre Nase kraus und erschnupperte einen feinen Tabakgeruch.

Wie auf einer alten Fotografie sah sie die beiden vor sich. Sie sog diesen Augenblick in sich hinein, um diesen Moment in ihren Erinnerungen zu speichern.

„Was kannst du mir erklären?“, fragte Anja nach ein paar Sekunden der Stille.

„Robert hatte mir den Ring entwendet, um ihn Magdalena zu geben, mit dem Versprechen, sie wäre für immer seine Frau. Er hatte lange Jahre auf sie gewartet. Aber irgendwann erkannte er, dass sie nicht wieder kommen würde. So hat er dann eine Frau aus dem Dorf geheiratet.

Die Roma kamen wieder, aber ohne Magdalena. Diese hatte geheiratet und war sesshaft geworden. Das Kind von Robert, welches sie in sich trug, mein Enkelkind, wuchs in dem Glauben auf, dass der Mann von Magdalena ihr Vater sei. Und so hatte sich diese Ahnenlinie getrennt und durch dein Erbe der Mühle wieder zusammen gefunden.“ Hedwig lächelte sie liebevoll an und griff nach Anjas Hand.

„Und woher weißt du das alles?“

„Robert hatte es mir am Tag seiner Hochzeit gestanden. So konnte er ohne Schuld und schlechtes Gewissen mit einer anderen Frau vor den Traualtar treten. Magdalena muss ihrem Kind den Ring vererbt haben und so ist er zu dir gelangt."

Anja sah auf die Hand von Hedwig, die ihre hielt. „Moment, wieso kannst du mich berühren? Du bist ein Geist!"

„Auch wir Geister haben gewisse Fähigkeiten. Ein paar Minuten kann ich Form annehmen. Schau, meine Hand wird schon wieder durchscheinender. Es kostet uns Kraft."

Anja spürte, wie der Druck von Hedwigs Hand nachließ, bis sie nur noch die Hand sah, sie aber nicht mehr spürte.

„Wir Geister neigen auch zu Schabernack, da es in der Zwischenwelt ansonsten sehr langweilig ist." Entschuldigend schaute Hedwig sie an.

„Schabernack? Was meinst du damit?", fragte Anja verständnislos.

„Nun ja, es ist so. Die ganzen Missgeschicke, die Tim passiert sind, gehen zu unseren Lasten." Hedwig schaute betreten auf die Tischplatte.

„Das wart ihr!", rief Anja aus. „Aber warum nur Tim? Max und mich habt ihr in Ruhe gelassen." Anja sah es, wie einen Film vor ihren Augen ablaufen: das Stolpern von ihrem Ältesten, seine Erzählung von der Bettdecke, das Glas Wasser und der spritzende Hahn im Bad.

„Weil unser Urenkel, oder Ur- Urenkel, na welcher Ur auch immer, deinem Max, der auch ein

Urenkel von uns ist, das Leben schwer gemacht hat und dir auch.“ Die Gesichtszüge von Hedwig wurden härter. „Und er diese Lektion verdient hat. Sieh es als erzieherische Maßnahme an.“ Hinter Hedwig nickte Paul bestätigend.

„Ihr wisst schon, was dann passiert ist“, wandte Anja ein.

„Ja, leider und es tut uns sehr leid. Ich hoffe, dass es ein gutes Ende nimmt.“ Kurz spürte Anja wieder Hedwigs Hand. Hedwig wurde noch durchscheinender, und sie sah durch die beiden ihre Wohnzimmereinrichtung.

„Bevor ihr wieder unsichtbar werdet, habe ich eine Frage an euch. Ist Gottlieb Bauer euer Mörder?“ Anja hörte ein leises „Ja“ und sie waren verschwunden.

Regungslos saß sie da. So ist es also, wenn man Kontakt mit Geistern hat. Allerdings war sie auch wütend auf die beiden. Sie hatten Tim vergrault. Ich hoffe, Hedwig hat Recht und es entsteht Gutes daraus, was sie allerdings bezweifelte. Sie nahm ihr Smartphone, welches neben ihr lag, in die Hand. Vielleicht ist jetzt der richtige Zeitpunkt, sich nochmals bei Tim zu melden? Sie tippte eine kurze Nachricht und löschte sie wieder. Seufzend legte sie ihr Telefon zur Seite und ging schlafen.

Anja sah Martins Auto vor dem Haus von Rudolf Bauer stehen, als sie und Simone auf den Parkplatz einbogen.

„Wie geht es dir?“, fragte Simone sie.

„Erstaunlicherweise gut. Ich hoffe, dass es sich bald aufklärt.“

„Das meinte ich auch, aber wie ist es für dich, Martin nochmals zu sehen?“, hakte Simone nach. Sie hatte ihren Mini Cooper neben Martins Golf geparkt und sah Anja prüfend von der Seite an.

„Ich habe darüber nachgedacht. Die letzten Wochen war vieles Ursache und Wirkung. Martins Verhalten damals, als er mich mit Jens sah, muss in ihm eine alte Wunde aus der Vergangenheit aufgerissen haben. Der Schmerz muss so tief in ihm sein, so dass er sich in seine eigene Höhle verkrochen hat. Mit mir hat das nichts zu tun, die Situation mit Jens hat es lediglich ausgelöst. Als ich das erkannte, war ich noch traurig, aber es tat nicht mehr so weh. Also, es geht mir ganz gut.“ Anja lächelte Simone zu und stieg aus.

Martin öffnete seine Autotür, stieg ebenfalls aus und begrüßte sie. „Hallo ihr beiden. Auf in die Aufklärung. Ich habe mich bei meinem Stiefvater angemeldet. Er erwartet nur mich“, und grinste breit.

Er klingelte. Die Tür öffnete sich und Rudolf Bauer erschien im Türrahmen. „Dass du mich mal besuchst, das grenzt an ein Wunder“, sagte er statt einer Begrüßung. „Wen hast du denn noch dabei?“, er versuchte, hinter Martin zu sehen.

„Frau Schneider und Frau Winkler sind dir ja bekannt. Lass uns in dein Büro gehen, ich habe einiges mit dir zu besprechen“, sagte Martin und drückte sich an seinem Stiefvater vorbei.

Verblüfft schaute ihm Herr Bauer nach und gab Simone und Anja die Hand. „Was verschafft mir die Ehre?“

„Das wird sich gleich für Sie aufklären“, sagte Anja und folgte Martin.

„Ist mit dem Umbau alles in Ordnung?“, versuchte es Herr Bauer bei Simone.

„Bestens. Kommen Sie mit. Sie werden gleich erfahren, um was es geht“, antwortete Simone ruhig und ging in das Büro. Ungefragt setzten sie sich.

„Nun, was führt euch zu mir“, begann Rudolf Bauer das Gespräch. Schweißperlen liefen über seine Stirn. Er wischte sie mit einem Tuch ab, welches er aus seiner Hosentasche zog und schaute sie unsicher an.

„Erzähl mir von dem Schatz!“, forderte Martin ihn auf.

„Welcher Schatz?“ Herr Bauer rutschte unruhig auf seinem Stuhl hin und her.

„Stell dich nicht dumm“, sagte Martin erbost und schlug mit der flachen Hand auf den Schreibtisch, so dass es einen lauten Knall gab. Herr Bauer zuckte zusammen. „Viele Jahre hast du davon geredet. Was hat es mit dem Schatz auf sich“, versuchte es Martin erneut.

„Den Schatz gibt es nicht. Ich habe dir ein Märchen erzählt“, versuchte Herr Bauer sich herauszureden.

Martin wollte schon aufspringen, da legte Anja ihm die Hand auf die Schulter und drückte ihn auf seinen Stuhl zurück. „Lass mich mal.“ Sie stand auf und umrundete den Schreibtisch, nahm das Bild von der Wand und legte es vor den Bauunternehmer. „Dieses Bild zeigt die Gründer von Ihrem Unternehmen, stimmt's?“

„Ja“, bestätigte Bauer.

„Das sind Gottlieb und Adelhaid Bauer, nicht wahr?“, fragte Anja weiter.

„Ja, worauf wollen Sie hinaus?“, fragte Bauer gereizt.

Simone schaute Anja mit großen Augen erstaunt an, weil sie das Gespräch ganz souverän führte.

„Darauf komme ich gleich“, antwortete Anja ihm. Sie nestelte ihre Kette mit dem Ring aus ihrem Ausschnitt, zog sie aus und legte sie neben das Foto. „Dies ist der Ring meiner Vorfahrin Hedwig Murghoff. Können Sie mir erklären, wie der Ring von Paul Murghoff an die Hand Ihres Ahnen kommt?“

Abwartend schaute Anja Herrn Bauer an. Sie sah, wie er in sich zusammensackte. Der Schweiß perlte ihm an den Schläfen entlang und tropfte auf das Bild.

„Den Einbruch im kleinen Mühlhaus haben Sie verursacht und als Sie aus dem Keller kamen, hatten Sie dort nach dem Schmuck gesucht“, sagte Anja mit ruhiger Stimme.

„Sie wissen, dass der Schatz aus Schmuck besteht?“, schoss es aus Bauer heraus.

„Ja, und ich habe ihn gefunden. Sie brauchen nicht mehr weiterzusuchen“, sagte Anja sanft und wartete ab.

Bauer stützte sich mit seinen Armen auf den Tisch und vergrub sein Gesicht in den Händen. Er murmelte: „Ich konnte mein Versprechen nicht einlösen.“

„Von welchem Versprechen reden Sie?“, fragte Anja.

„Es war alles umsonst.“ Er nahm seine Hände vom Gesicht und schaute zu Anja. „Gut, ich erzähle euch alles, was ich weiß.“ Er holte tief Luft und begann: „Schon mein Vater hat diesen Schatz gesucht und sein Vater davor auch. In unserer Familie wurde von Vater zu Sohn das Versprechen abgenommen, den Schatz der Murghoff Mühle zu suchen und zu finden. Dieser Schatz soll ein Kästchen mit Schmuck sein. Meine Vorfahren“, er schaute auf das Bild vor sich, „Gottlieb und Adelhaid Bauer halfen damals Hedwig und Paul Murghoff, hier Fuß zu fassen. Sie waren lange Jahre Freunde. Bis zu dem Tag, als Gottlieb das Schmuckkästchen sah. Er hatte erst seit kurzer Zeit seine Baufirma gegründet und war in einem finanziellen Engpass. Er wollte nur ein bis zwei Schmuckstücke entwenden. Aber als Hedwig ihn erwischte, versteckte sie die Schmuckschatulle. Gottlieb stand das Wasser bis zum Hals. Er verabredete sich mit den beiden, um mit ihnen zu reden. Da gab ein Wort das andere. In seiner Wut und Verzweiflung erschlug er sie und ließ dann die Leichen verschwinden. Er nahm den Ring von Robert und belieh ihn, so konnte er die Firma halten. Dann streute er das Gerücht, sie wären ertrunken, da an diesem Abend ein heftiges Unwetter tobte. Robert, der mit seiner Frau im Dorf lebte, übernahm die Mühle. Gottlieb schwor sich, den Schmuck zu finden, für den er getötet hatte, und nahm, als er zu alt war und nicht mehr selbst suchen konnte, seinem Erstgeborenen das Versprechen ab, weiterzusuchen bis der Schmuck gefunden wurde." Erschöpft schloss Herr Bauer kurz seine Augen.

Anja legte ihm die Hand auf die Schulter und sagte: „Herr Bauer, wir haben den Schmuck gefunden. Sie sind von ihrem Versprechen erlöst. Es ging in dem Versprechen nie darum, den Schmuck zu Geld zu machen, sondern nur ihn zu finden, nicht wahr?"

Anja sah, wie es in seinem Gesicht arbeitete. Es hellte sich auf. „Wissen Sie? Sie haben recht und ich bin erleichtert, das Versprechen los zu sein."

„Ich habe eine Bitte an Sie." Anja schaute ihm direkt in die Augen, welche leicht gerötet waren. „Den Ring von Paul. Ich möchte ihn zurückhaben. Nicht für mich, sondern als Grabbeigabe. Sie wissen ja, die sterblichen Überreste von Hedwig und Paul wurden gefunden. Ich werde sie beerdigen und beiden ihre Ringe zurückgeben."

„Einen Moment." Herr Bauer schloss eine Schublade an seinem Schreibtisch auf und holte ein Stoffsäckchen hervor. Er schnürte es auf und ließ Pauls Ring in seine ausgestreckte Hand fallen, dann übergab er ihn Anja.

„Vielen Dank. Sie tun das Richtige", sagte Anja.

Als sie Bauers Büro verließen, warf Anja einen Blick zurück. Der Bauunternehmer saß zusammen gesunken wie ein alter gebrochener Mann auf seinem Stuhl. Beim Hinausgehen sagte Anja zu Martin und Simone: „Er tut mir schon fast leid."

„Mir nicht." Simone schlug sich mit der Hand an die Stirn. „Jetzt wird mir klar, warum der Umbau so günstig war. So konnte er direkt vor Ort sein, um weiter zu suchen. Und der Plan, die Kreuze darauf, das waren die Stellen, an denen er schon gesucht hatte oder suchen wollte."

Vor dem Haus des Bauunternehmers standen die drei noch ein wenig beieinander.

„Das habt ihr gut gemacht. Genau die richtige Strategie", freute sich Simone. „Böser Bulle, guter Bulle", und lachte.

„Ich werde nochmal zu ihm gehen und ein Protokoll aufnehmen, dann ist der Fall gelöst", sagte Martin und schaute dabei Anja an.

„Danke, dass ihr beide mir geholfen habt." Anja nahm Pauls Ring und fädelte ihn auf ihre Kette. „Nun sind die Ringe vereint. Habt ihr Lust, bei mir ein bisschen zu feiern?", schlug Anja vor.

Simone schaute Martin an und wartete seine Antwort ab.

„Gerne, es ist immer ein gutes Gefühl, wenn sich ein Fall löst“, sagte Martin und schaute wieder Anja an.

„Mir ist eingefallen, ich muss noch dringend was erledigen. Ich kann leider nicht“, wandte Simone grinsend ein, stieg in ihr Auto und fuhr los. Anja und Martin ließ sie einfach stehen.

Mit offenem Mund schaute Anja ihr hinterher. Sie scharrte mit ihren Füßen auf dem Boden und traute sich kaum, Martin anzusehen, der sagte: „Auch gut. Komm steig ein. Wir beide haben was zu klären oder eher, ich bin dir eine Erklärung schuldig.“

Kapitel 22

Sie saßen am Tisch in der Mühle und hoben ihre Gläser. Klirrend stießen sie aneinander und nahmen einen Schluck. Die Flüssigkeit rann Anja prickelnd den Hals hinunter. Sie hielt ihr Glas fest umklammert, ihre Oberlippe zitterte leicht. Soll sie warten bis er zuerst etwas sagt? Oder soll sie selbst das Gespräch beginnen? Ihr Zeigefinger fuhr am Glasrand entlang, in dem die Flüssigkeit kleine Bläschen nach oben trieb. Ein leiser Glockenton erklang.

„Das ist der Startton.“ Martin räusperte sich. „Ich war wütend und enttäuscht.“

Anja wollte schon zu einer Erklärung ansetzen, aber Martin bat sie mit einer Geste still zu sein.

„Lass mich bitte ausreden.“ Anja nickte nur. „Also ich war wütend und enttäuscht. Deinen Brief konnte ich die ersten Tage nicht lesen. Und ich glaube, ich wollte auch nicht. Mir waren wohl die Wut und der Schmerz lieber. Was ich dir nicht erzählt hatte, war, dass meine letzte Beziehung auseinanderging, weil sie einen anderen Mann hatte. Ich habe es erst nach der Trennung erfahren. Ich fühlte mich betrogen. Als ich dann Jens und dich sah, war es wie ein Déjà Vu. Nach ein paar Wochen las ich deinen Brief und schämte mich, dich so verletzt zu haben. Ich wusste nicht, wie ich auf dich zugehen sollte. Das war schwach, ich weiß.“ Entschuldigend schaute er Anja an, in seinen Augen lag eine unausgesprochene Bitte.

Eine Zeitlang war es ruhig. Keiner sagte ein Wort. Bis Martin die Stille unterbrach: „Ich habe mich übrigens bei meinem Kollegen vom Betrugsdezernat nach deinem Ex erkundigt. Sie haben schon länger ein Auge auf ihn. Er ist ihnen bekannt. Mehr habe ich nicht erfahren und wenn, dürfte ich es dir auch nicht erzählen.“

Anja beugte sich vor und legte ihren Zeigefinger auf seine Lippen. „Lass Jens draußen.“

Martin küsste ihren Finger. Er zog ihre Hand sanft weg und berührte dabei ihr Feuermal, welches von dort aus ein warmes Gefühl in ihren Körper ausstrahlte. Ein Seufzer stahl sich von ihren Lippen. Lange schaute sie Martin in die Augen. Anja versank in dem graublauen Meer. Dahinter sah sie seine Seele, so leuchtend und klar und in ihr erklang ein Widerhall. Sie beide kannten sich über Raum und Zeit hinweg.

Ihre Köpfe näherten sich. Anjas Augen nahmen den Ausdruck seines Gesichts mit jeder Faser ihres Herzens auf. Kurz bevor sich ihre Lippen trafen, flüsterte Martin: „Ich will dich."

Diese Worte entfachten ein Feuerwerk in ihr. Sie schob ihr Gesicht näher zu ihm, bis sich ihre Lippen weich und warm um seine schlossen. Der Kuss vertiefte sich, und die Leidenschaft brach hervor. Martin zog Anja vom Stuhl hoch und hob sie auf seine Arme. Eng an seine Brust geschmiegt, dirigierte sie ihn zu ihrem Schlafzimmer. Martin schlug die Türe mit seinem Fuß zu und legte Anja auf ihr Bett. Vor Erwartung bebte sie am ganzen Körper.

Später lag Anja eng angekuschelt neben Martin. „Kannst du wirklich Geister sehen?", fragte Martin und streichelte ihren Arm.

„Ja, ich hoffe, du kommst damit zurecht." Prüfend schaute Anja Martin von der Seite an.

„Ich weiß, dass es viele Dinge zwischen Himmel und Erde gibt, für die es keine logische Erklärung gibt. Solange die uns nicht beim Liebe machen zuschauen, komme ich damit zurecht."

Anja kicherte. „Na ja, als du mich in das Schlafzimmer getragen hast, standen Hedwig und Paul rechts und links neben der Tür und applaudierten."

„Ist nicht wahr?"

„Doch, aber sie sind dann gegangen, ich hörte nur noch, wie Hedwig zu Paul sagte, schön die Linie geht weiter.“

Überrascht schaute Martin Anja an: „Du meinst?“

„Keine Ahnung. Wir üben noch. Komm und küss mich“, und zog seinen Kopf zu sich.

Kapitel 23

Träumend stand Anja am Küchentresen und nippte an ihrem morgendlichen Kaffee. Martin war früh los, da er seinen Dienst antreten musste. Die Nacht war kurz und wunderschön gewesen. Sie spürte jetzt noch die sanften und doch leidenschaftlichen Berührungen von Martin. Das Piepsen ihres Smartphones unterbrach ihre Gedanken. Sie öffnete die App. Ihre Finger zitterten unkontrolliert, als sie sah, von wem die Nachricht war.

Sie las: Mama, hol mich sofort ab, bitte!

Schnell tippte sie: Ich komme.

Anja schnappte sich ihren Autoschlüssel und fuhr sofort zu Jens Haus, um Tim zu holen. Er hatte sich endlich gemeldet. Sie war hin und her gerissen zwischen der Angst, das ihm etwas passiert sei und glücklich, dass er sich gemeldet hatte. Sie bog in die Straße von Jens Haus ein und sah ihren Sohn wartend davor stehen.

Kaum hielt Anja mit ihrem Renault an, riss Tim die Beifahrertür auf und sprang hinein. „Fahr sofort los, schnell!“, schrie er und Anja gab Gas. Sie sah, wie Tim sich immer wieder furchtsam umdrehte. Anja warf einen prüfenden Blick in den Rückspiegel, die Straße war leer, niemand zu sehen, auch kein Jens. Sie atmete erleichtert aus.

Sie trat auf das Gaspedal, jagte den Motor hoch und überschritt alle Geschwindigkeitsbegrenzungen. Innerhalb von ein paar Minuten waren sie bei der Mühle angekommen. Scharf bremste sie ab und drehte den Zündschlüssel. Der Motor erstarb.

„Wir sind zuhause. Was ist los?“

Tim drehte sein Gesicht zu ihr, und Anja holte scharf Luft. „Mein Gott, was ist mit dir passiert?“ Sie sah einen großen roten Handabdruck auf Tims Wange und sein rechtes Auge schwoll zu. „Komm rein, wir müssen sofort Eis darauf tun.“

Mit einem Eisbeutel am Auge saß Tim auf dem Sofa.

Anja hatte ihm einen Tee aufgebrüht, stellte die Tasse vor ihn hin und setzte sich. „Magst du erzählen?“, fragte sie vorsichtig. Sie sah, wie Tim schwer schluckte, und zog ihn in ihre Arme. „Jetzt ist alles gut. Du bist wieder da.“ Sie spürte, wie ihre Schulter von Tims Tränen nass wurde und streichelte wortlos seinen Rücken. Sie ließ ihm Zeit.

Nach einer Weile sagte Tim stockend: „Ich weiß nicht, wo ich anfangen soll ...“

„Ganz von vorne. Wir haben alle Zeit der Welt“, antwortete Anja mit sanfter Stimme.

„In den ersten drei Wochen war es bei Papa toll. Er unternahm viel mit mir, und wir gingen jeden Tag groß essen. Aber als ich mit der Bitte kam, auch mal zuhause zu kochen und zu essen, schrie er mich das erste Mal an. Ich sei undankbar." Er schluckte schwer. „Danach war alles anders. Er warf mir vor, nicht genügend getan zu haben, damit du die Mühle hergibst, und er hätte schon so viel für mich bezahlt. Außerdem habe er nie wollen, dass ich zu ihm ziehe. Ich sei nur Mittel zum Zweck gewesen. Wenn er mal daheim war, brachte er seine Freundin mit. Viele Wochen ging es so. Entweder war ich allein oder er war mit seiner Freundin da. Beide ignorierten mich."

„Warum hast du dich nicht gemeldet. Ich hätte dich sofort da rausgeholt", unterbrach Anja ihren Sohn.

„Ich habe mich nicht getraut, nachdem ich auf deine Kontaktversuche nicht reagiert hatte. Außerdem habe ich gehofft, dass es wieder besser wird mit Papa. So wartete ich ab. Eines Nachts, Papa dachte, ich schlafe schon, habe ich ihn telefonieren gehört. Er hat jemandem gedroht. Danach hat er jemanden anderen angerufen und diesem haarklein erklärt, wie er jemanden in den finanziellen Ruin treiben soll." Tim holte tief Luft und erzählte weiter.

„Vor ein paar Tagen war Papa verreist, da bin ich in sein Arbeitszimmer geschlichen. In den Ordnern habe ich Kontoauszüge der letzten zwei Jahre gefunden. Ich habe sie alle abfotografiert und bin sie in Ruhe durchgegangen. Papa hat teilweise den Unterhalt für uns gar nicht bezahlt. Da hatte er mich angelogen. Zudem habe ich im Internet recherchiert. Er hat dir weniger bezahlt, als dir zusteht. So beschloss ich, ihn gestern zur Rede zu stellen. Das war ein Fehler. Er rastete aus und gab mir eine Ohrfeige. Alles war eine Lüge, was Papa mir erzählt hatte. Es tut mir leid."

„Mir tut es leid, dass du das mitmachen musstest. Aber weißt du was? Es ist das größte Geschenk seit deiner Geburt, dass du wieder da bist." Anja umarmte Tim und gab ihm einen Kuss auf seinen Kopf.

„Ich muss dir noch was gestehen",sagte Tim und grinste schief. „Ich habe alles abfotografiert, was mir wichtig erschien. Seine verschiedenen Konten. Sein Geld in der Schweiz und Lichtenstein."

Anja sah ihren Sohn ungläubig an. „Du hast was?"

„So ziemlich alles auf Foto in diesem Handy, welches Papa mir geschenkt hatte." Er hob sein Smartphone hoch und wedelte damit herum.

In Anjas Gedanken formte sich ein Plan. „Ich glaube, es wird Zeit, die Scheidung einzureichen und damit einen Schlussstrich zu ziehen." Erwartungsvoll schaute Anja ihren Sohn an.

„Ja und ich helfe dir mit den Fotos dabei." Sie grinsten sich im gemeinsamen Einvernehmen an. „Was hältst du davon, den Roller Führerschein zu machen?", schlug Anja vor.

Tims Augen weiteten sich. „Aber von welchem Geld?"

„Das ist kein Problem mehr“, sie erzählte ihm, was in den letzten Wochen so alles geschehen war. Auch von Martin berichtete sie ihm.

„Du brauchst das Geld von Papa nicht mehr“, stellte Tim fest.

„Doch für euch, den ganzen Unterhalt und den Unterhalt für mich von den letzten zwei Jahren. Was meinst du, was so ein Führerschein für euch kostet“, sagte Anja und lachte. „Die Information über Jens verschiedene Geldkonten brauche ich nur, um ihn bei der Scheidung in die Schranken zu weisen. Ich rufe gleich meinen Rechtsanwalt an, um einen Termin auszumachen. Geh du doch nach oben in dein Zimmer und überprüfe den Internetempfang.“

Tim sprang mit leuchtenden Augen auf. „Ich habe einen Internetverstärker?“

„Ja“, rief Anja und klatschte in die Hände.

Sobald Tim auf dem Weg in sein Zimmer war, rief Anja Herrn Waldscheit an. „Guten Tag Herr Waldscheit. Sie hatten mir angeboten, mich bei meiner Scheidung zu vertreten. Gilt Ihr Angebot noch?“

„Ja Frau Schneider. Sie haben sich entschlossen. Das freut mich.“

„Können wir uns treffen? Ich habe ein paar Informationen bekommen und eine Strategie dazu“, erklärte Anja.

„Lassen Sie mich nachsehen. Nächste Woche Donnerstag?“

„Prima, wir sehen uns.“ Anja legte auf und Erleichterung durchflutete jede Zelle ihres Körpers.

Dieser Schritt ist für meine Zukunft wichtig. Das fühlte sie ganz deutlich.

„Simone, ich habe die Scheidung beantragt. Endlich!" Anja stürmte auf ihre Freundin zu, bevor diese überhaupt einen Schritt in Anjas Wohnung tat. „Und Tim ist wieder da!" Freudig umarmte Anja Simone. „Komm", sie zog Simone zum Tisch. „Setzt dich, ich habe dir so viel zu erzählen. Du warst ja ein paar Tage nicht da."

Anja erzählte von Tims blauem Auge, von den Fotos, die er gemacht hatte und dass sie bei Herrn Waldscheit gewesen war. Sie beendete die Erzählung mit: „Durch das Wissen über die Konten kann ich leichter den kompletten nachträglichen Unterhalt einklagen und eine schnelle Scheidung erreichen."

„Ihr erpresst ihn?", wandte Simone erstaunt ein.

„Sagen wir mal so, wir beschleunigen einfach", sagte Anja und zwinkerte ihr zu. Jetzt erst fiel ihr auf, dass Simones Gesicht sich verändert hatte. Ihre Haut strahlte, die Lippen waren etwas röter und voller. Die Augen von Simone leuchteten in einem intensiven Dunkelgrau. „Du hast jemanden kennen gelernt, stimmt's?"

„Woher weißt du das?", fragte Simone verwundert.

„Das sehe ich dir an. Du bist verliebt. Dein Gesicht strahlt so. Erzähl!"

„Ruth hatte Recht."

„Womit?", fragte Anja verdutzt.

„Ich lerne den Richtigen kennen, wenn ich mich umdrehe." Simone machte eine Pause.

„Spann mich jetzt nicht auf die Folter. Das ist fies."

Simone lachte über das ganze Gesicht. „Nun ja, du weißt, ich war bei verschiedenen Experten, um deinen Schmuck schätzen zu lassen. Aber das erzähle ich dir nachher und dabei war ich bei einem Gemmologen."

„Ein bitte was?", fragte Anja.

„Ein Gemmologe ist ein Edelsteinprüfer. Worauf ich hinaus wollte: Ich war schon am Gehen und mir war noch eine Frage eingefallen. Deshalb drehte ich mich um, durch den Schwung stolperte ich und stieß dabei an Matteo, der mich auffing. Wir sind dann am Abend essen gegangen, und ich habe mit ihm die schönste Nacht meines Lebens verbracht."

Anja freute sich für Simone. Sie nahm ihre Hände in ihre, drückte sie und sagte: „Auch du bist angekommen."

Simone nickte nur, so dass ihre roten Locken wippten.

„Nun zu deinem Schmuck. Wenn du ihn verkaufst, hast du für Jahre ausgesorgt. Interessenten gibt es genug. Willst du?"

Anja schob sich eine dunkelblonde Strähne aus dem Gesicht und überlegte. Es war das Erbe von Hedwig.

Sie kam zu einem Entschluss. „Nicht gleich

alles. Ich habe ein besseres Gefühl dabei, je nach Bedarf zu verkaufen. Das Medaillon möchte ich jedenfalls behalten. Mir fehlt der Ring von Hedwig jetzt schon. Nächsten Freitag ist die Beisetzung von den sterblichen Überresten und danach feiern wir ein Trauerfest."

„Du meintest Trauerfeier?", hakte Simone nach, die dachte, Anja hätte sich versprochen.

„Nein, du hast richtig gehört. Ein Trauerfest. Ich habe da so eine Ahnung."

Kapitel 24

Die Sonne schien warm vom Himmel. Einzelne watteweiße Wolken zogen am strahlendblauen Himmel über die Hegaulandschaft. Auf dem Friedhof von Hausen an der Aach hatte sich eine kleine Gruppe versammelt. In der Ferne wachte der Berg Hohenkrähen mit seinen Resten der Festungsruine über die Gegend. Der Pfarrer hielt seine Trauerrede und Anja, Martin, Tim, Max, Simone und Ruth senkten ihre Köpfe. Nach und nach ging jeder Einzelne nach vorne, um sich zu verabschieden.

Zum Schluss trat Anja vor und legte eine Pfeife mit dem angebundenen Ring auf den einen Sarg und auf den anderen einen Veilchenstrauß mit eingeflochtenem Ring. Sie wischte sich eine Träne von der Wange und flüsterte: „Wir sehen uns." Die

Särge wurden hinabgelassen, die sterblichen Überreste fanden ihre Ruhe.

Auf dem Mühlenhof angekommen, versammelten sich alle um den gedeckten Tisch unter der Linde, die mit ihren Blättern einen sanften Schatten warf. Ein süßlicher Duft von Lindenblüten schwebte in der Luft und im Hintergrund klapperte das Mühlenrad vor sich hin.

Simone zählte acht Gedecke. „Sind das nicht zwei zu viel?“

Anja grinste und sagte laut: „Ich möchte euch Hedwig und Paul vorstellen. Sie sitzen hier auf ihren Plätzen und freuen sich auf ihr Abschiedsfest.“

Die Köpfe der Anwesenden drehten sich zu den leeren Stühlen und suchend glitten ihre Augen darüber. Anja lachte lauthals. „Paul sagt gerade, ihr sollt euch setzten und essen.“

Anja betrachtete die fröhliche Runde. Sie sah zu Ruth, die neben Hedwig saß. Ihre Hand tastete an ihr entlang. Leise fragte Anja sie. „Was machst du?“

Ruth antwortete: „Ich kann zwar keine Geister sehen wie du, aber mein zweites Gesicht fühlt sie.“

Hedwig legte ihre Hand auf Ruths Arm. „Sie berührt dich“, erzählte Anja, was sie sah.

„Ja, ich spüre es. Ein kalter Hauch streicht über meinen Arm.“

Anja hielt ihren Kopf leicht schräg, lauschte und nickte dann. „Ich soll dir was von Hedwig ausrichten. Sie ist froh, dass du da bist und mich weiter begleitest. Sie kann nun mit gutem Gewissen gehen.“

Erschrocken sah Ruth Anja an. „Was meinst du mit gehen?"

Anja schaute hinter Ruth. „Es ist Zeit, Abschied zu nehmen. Der Lichttunnel ist erschienen."

Anja stand auf und begab sich zu Hedwig und Paul. In die Runde sagte sie: „Der eigentliche Abschied kann beginnen. Hedwig und Paul gehen jetzt in das Licht." Anja beschrieb, was sie sah. „Hier oben hat sich ein Lichttunnel geöffnet, mit überirdischem strahlendem Licht." Sie zeigte dahin. „Es sieht aus, wie wenn man in die Sonne schaut. Hell, leuchtend, warm und einladend. Am Ende des Tunnels stehen unsere Ahnen und warten auf sie."

Anja umarmte die beiden. Sie spürte noch wie Hedwig mit ihrer Hand über ihren Bauch strich. Für die anderen sah es so aus, wie wenn sie Luft umarmen würde.

„Jetzt nehmen sie sich bei der Hand und laufen zusammen in das Licht hinein. Sie drehen sich zu uns um und winken. Ihre Verwandten kommen ihnen entgegen und begrüßen sie. Gemeinsam werden sie immer kleiner bis sie mit dem Licht zerfließen. Jetzt wird der Lichttunnel kleiner und schließt sich". Alle hatten Anja gespannt zugehört.

„Und wisst ihr was? Damit ihr eine Vorstellung davon bekommt, wie beeindruckend es war, hole ich meine Staffelei und male es euch." Anja rannte zur Mühle und holte die Malutensilien.

Am Abend saß Anja alleine am Ufer der Aach. Die Luft war warm, sie ließ ihre nackten Beine ins Wasser hängen. Genüsslich neigte sie den Oberkörper nach hinten und stützte sich mit ihren Armen ab. Die untergehende Sonne warf ihre Lichtstrahlen auf das Wasser und zauberte funkelnde Reflexe auf die Stromschnellen. Anja atmete tief ein. Sie legte ihren Kopf in den Nacken und schloss die Augen. Eine wohltuende Ruhe erfasste sie. Hinter sich hörte sie Schritte an der Uferböschung und ein sanfter Geruch nach Gänseblümchen zog zu ihr.

„Hier bist du“, hörte sie die Stimme ihrer Freundin Simone, die sich neben sie setzte. „Schön haben wir es hier.“

„Ja, endlich angekommen.“ Anja umfasste die Hand ihrer Freundin und drückte sie. „Danke, danke für alles.“

„Für was?“, verwundert schaute Simone Anja von der Seite an.

„Für deine Freundschaft, für dein hilfsbereites Wesen.“

„Ach komm.“ Simone schnalzte mit ihrer Zunge.

Schweigend saßen sie nebeneinander im Gras, bis Anja sagte: „Hörst du es? Das Klappern der Mühlenblätter? Klipp, klapp. Das war das Erste, was ich vernahm, als ich den Weg zur Mühle entlang ging.“ Und wiederholte leise: „Klipp, klapp.“

Dann sprang sie auf, breitete ihre Arme aus und drehte sich im Kreis. Laut sang sie: „Es klappert die Mühle am rauschenden Bach“, und Simone fiel mit ihrer Stimme ein: „Klipp, klapp, klipp, klapp, klipp klapp.“

Trevor kam bellend angerannt und umsprang Anja schwanzwedelnd.

Die beiden sangen Strophe für Strophe, bis eine männliche und eine raue Stimme mit einfielen.

Anja stoppte und sah Martin, Ruth und ihre Söhne auf sie zukommen. Sie lächelte und rief aus: „Meine Familie."

Kapitel 25

Ein Jahr später.

Simone betrat mit dem drei Monate altem Baby auf dem Arm das kleine Mühlenhaus. Ihre Freundin Anja stand mit einem bunten Malerkittel bekleidet und einem Pinsel in der Hand vor ihrer Staffelei. Trevor lag neben ihr in seinem Hundebett und beobachtete sie mit seinen dunklen Augen.

Bewundernd schaute Simone ihr zu, wie ein Bild in hellen freundlichen Farben auf der Leinwand entstand. Durch das große Fenster, welches geöffnet war, sah sie das Mühlenrad, welches emsig seine Runden drehte und der frische Geruch von Flusswasser wehte in den Raum.

Das kleine Mühlenhaus war inzwischen renoviert worden und diente Anja als Malatelier. Manchmal empfing sie auch Menschen darin, denen sie half, ihre verstorbenen Angehörigen ins Licht zu führen. Zur Erinnerung malte sie dann ein Bild und schenkte es ihnen, auf dem zu sehen war, wie die verstorbene Person in das Licht ging.

„Schau Magdalena, da ist deine Mami“, sagte Simone.

Anja, die gerade das Bild fertig gemalt hatte, legte den Pinsel weg und wendete sich ihrer Freundin und ihrer Tochter zu. Sie nahm Magdalena von Simones Arm. „Na, hat deine Patentante gut auf dich aufgepasst?“, sie gab ihrer Tochter einen Kuss auf die Wange und strich ihr über das weißblonde Haar. Tief atmete sie den Veilchenduft von Magdalena ein, der sie an Hedwig erinnerte.

Die kleine Magdalena schaute in die Ecke. Sie fing an zu brabbeln und zu glucksen. Ein Lächeln stahl sich auf das runde Babygesicht und ihr kleines Händchen streckte sich in Richtung Zimmerecke.

Anja sah sie liebevoll an und sagte: „Ja meine Kleine, auch du hast die Gabe.“

Hausen an der Aach ist ein kleiner Ort mitten im Hegau. Die Mühle dort ist frei erfunden. Allerdings gibt es einen schönen Wanderweg an dem Fluss Aach entlang. Als ich dies sah, entstand das Bild der Murghoff Mühle.

Murg: Ist der altdeutsche Name für den Fluss Radolfzeller Aach, die in den Bodensee fließt.

Der Witthow ist eine Reise wert: Die Aussicht über den Hegau mit dem dahinterliegenden Bodensee und am Horizont die Schweizer Alpen.

Tuttlingen liegt am Rand vom Hegau. Das Amtsgerichtsgebäude steht in der Werderstraße. Das Café und der gegenüberliegende Park sind frei erfunden.

Kloster Beuron liegt im Donautal. Wie prächtig liegt es darin. Viele Pilger und Touristen überschwemmen das Klostergelände, welches in der Ferne von Kreidefelsen umrahmt wird, die hell in der Sonne leuchten.

Kloster Hegne: Auch dies gibt es. Hegne ist eine kleine Gemeinde vor Konstanz und liegt fast am Bodensee. Der Klosterfriedhof mit seinen einheitlichen Gräbern der Nonnen strahlt Ruhe aus und lädt zur Besinnlichkeit ein.

Konstanz, die Kreisstadt am Bodensee. Die schmalen Gassen zwischen den alten Häusern laden zum Flanieren und Verweilen ein. Die Innenstadt wird vom

Bodensee, von der Schweiz und dem Seerhein umschlossen.

Hegau: Der Hegau ist eine malerische Landschaft im Süden Deutschlands. Die Hegauer Kegelberge bestehen aus alten erloschenen Vulkanen. Des Herrgotts Kegelspiel nannte sie der Heimatdichter Ludwig Finck. Der auffälligste Berg ist der Hohentwiel, die größte Burgruine Deutschlands.

Ein paar Worte:

Mit dem Roman „Hegau Mühle“, meinem Debütroman, geht nun vorläufig eine Reise zu Ende. Ich hoffe, dass noch viele weitere Werke folgen werden und es Ihnen als Leser soviel Freude gemacht hat, wie für mich es zu schreiben.

Da ich im Selbstverlag veröffentliche, würde ich mich über eine Rezession sehr freuen und sehe es als Ansporn, diesen Weg weiter zu gehen.

Ihr findet mich auf Facebook und Instagram. Auch dort freue ich mich, wenn ihr mich auf dieser Reise weiterbegleitet und Ihr mir ein „Hallo“ schreibt.
Eure Johanna Possmer

https://www.facebook.com/JohannaPossmer
https://www.instgram.com/johanna_Possmer

Diese Geschichte ist frei erfunden.

Alle Personen, die in dieser Geschichte auftreten sind frei erfunden. Jede Ähnlichkeit mit lebenden Personen ist rein zufällig und nicht beabsichtigt.

Printed in Poland
by Amazon Fulfillment
Poland Sp. z o.o., Wrocław

77612887R00136